飞行酿酒师
The Flying Vintner

铁凝 著

人民文学出版社

图书在版编目(CIP)数据

飞行酿酒师/铁凝著. —北京：人民文学出版社，2017
ISBN 978-7-02-012502-9

Ⅰ.①飞… Ⅱ.①铁… Ⅲ.①短篇小说—小说集—中国—当代 Ⅳ.①I247.7

中国版本图书馆CIP数据核字(2017)第040456号

策划编辑　包兰英
责任编辑　刘　伟
责任校对　韩志慧
装帧设计　陶　雷
责任印制　王景林

出版发行　人民文学出版社
社　　址　北京市朝内大街166号
邮政编码　100705
网　　址　http://www.rw-cn.com

印　　刷　三河市西华印务有限公司
经　　销　全国新华书店等

字　　数　120千字
开　　本　880×1230毫米　1/32
印　　张　7.625　插页1
印　　数　20001—25000
版　　次　2017年8月北京第1版
印　　次　2018年4月第2次印刷

书　　号　978-7-02-012502-9
定　　价　49.00元

如有印装质量问题，请与本社图书销售中心调换。电话：010-65233595

目 录

自 序 1

伊琳娜的礼帽 1

咳 嗽 天 鹅 23

风　度 39

内 科 诊 室 57

1956 年的债务 78

春 风 夜 98

海姆立克急救 126

飞行酿酒师 146

告 别 语 166

七　天 178

暮　鼓 211

火 锅 子 226

自　序

这是我近些年短篇小说的一个结集。

我始终觉得，短篇小说无论是外在体积或者内在容量，都不能与真正出色的长篇小说抗衡。

可我还是那么热爱短篇小说。因为我相信，在某种意义上，人生可能是一部长篇，也可能是一连串的短篇。生命若悠长端庄，本身就令人起敬；生命的生机和可喜，则不一定与其长度成为正比。

对了，生命的生机。这里我想说，文学对人类最终的贡献也并非体裁长短之纠缠，而是不断唤起生命的生机。好的文学让我们体恤时光，开掘生命之生机，从惊鸿一瞥里，或跌宕的跋涉中。生活是不容易的，信息时代信息的节奏和速度永远快于生活的节奏和速度，即使职业写作者，也因之常常误会生活。生活自有其矜持之处，只有奋力挤进生活的深部，你才有资格窥见那些丰饶的景象，那些灵魂密室，那些斑斓而多变的节奏，文学本身也才可能首先获得生机，这是创造生活而不是模仿生活的基本前提。模仿能产生小的恩惠，创造当奉献大的悲悯。

文学应当有力量惊醒生命的生机，弹拨沉睡在我们胸中尚未响起的琴弦；文学更应当有勇气凸显其照亮生命，敲打心扉，呵护美善，勘探世界的本分。

文学最终是一件与人为善的事情。一位我喜欢的已故诗人写过一首描写小狗的诗，一只与他的童年为伴的小狗。关于小狗的善良，他是这样叙述的：

  它的善良恰如其分，
  不比善良少，
  也不比善良更多。

这是一只小狗的分寸，有时也提醒着我的写作态度。

小说写作的过程是写作者养育笔下人物成长的过程。同时，写作者通过这创造性的劳动，日复一日消耗着也迸发着自身生命的生机。文学艰辛的魅力就在于此。

进步何其难,我唯有老老实实努力。

铁　凝

2017年3月2日

伊琳娜的礼帽

我站在莫斯科的道姆杰德瓦机场等待去往哈巴罗夫斯克的航班。懂俄语的人告诉我,"道姆杰德瓦"是小屋的意思。那么,这个机场也可以叫作小屋机场了。

这是二〇〇一年的夏天。

我本来是和我表姐结伴同游俄罗斯——俄罗斯十日游,我们都曾经以为彼此是对方最好的旅伴。不是有中学老师给即将放假的学生出过那么一道题吗:从北京到伦敦,最近的抵达方法是什么?答案不是飞机、网络什么的,而是和朋友一起去。听起来真是不错。其实呢,旅途上最初的朋友往往会变成最终的敌人。我和我表姐从北京到莫斯科时还是朋友,从莫斯科到圣彼得堡时差不多已经成了敌人。原因是——我觉得,我表姐和我,我们都是刚离婚不久,我们在路上肯定会有一些共同语言,我们不再有丈夫的依傍或者说拖累,我们还可以肆无忌惮地诅咒前夫。但是——居然,我表姐她几乎在飞往莫斯科的飞机上就开始了她新的恋爱。我们邻座那位男士,和我们同属一个旅行团的,一落座就和她起劲地搭讪。我想用瞎搭葛来形容他们,但很快得知那男士也正处在无婚姻状态,真是赶了一个寸劲儿。我这才发现我表姐是一个盲目乐观主义者,并且善于讨好别人。我就没那么乐观了,与人相处,我总是先看见别人的缺点,我想不高兴就不高兴,也不顾忌时间和场合。我把脸一耷拉,面皮就像刷了一层糨糊,干硬且皱巴。这常常把我的心情弄得很沮丧。而当我对自己评价也不高的时候,反过来会更加恼火别人。在飞机上我冷眼观察我们的男邻座,立刻发现他双手的小拇指留着过长的指甲。他不时习惯性地抬起右手,跷起一根小拇指把垂在额前的头发往脑袋上方那么一划拉,那淡青色的半透明的大指甲,叫人不由得想起慈禧太后被洋人画像时戴了满手的金指甲套:怪异,不洁,轻浮。加上他那有一声没一声的短笑,更是有声有色地侵犯了我的听觉。到达莫斯科入住宇宙大饭店之后,我迫不及待地把我的感受告诉给我表姐,她嘿嘿一笑说:"客观地说,你是不够厚道吧。客观地说,他的有些见解还真不错。"

我于是对我的表姐也有了一个新发现，我发现她有一个口头语那就是"客观地说"。什么叫"客观地说"？谁能证明当她说"客观地说"的时候她的说法就是客观的呢？反倒是，一旦她把"客观地说"摆在口头，多半正是她要强调她那倾向性过强的观点的时候。我因此很讨厌我表姐的这个口头语。

当我站在"小屋"机场等待去往哈巴罗夫斯克的航班的时候，我归纳了一下我和我表姐中途分手的原因，仿佛就是那位男邻座过长的指甲和我表姐的口头语"客观地说"。这原因未免太小，却小到了被我不能容忍。我们从莫斯科到达圣彼得堡后，我耷拉着脸随旅行团勉强参观完铁匠大街上的陀思妥耶夫斯基故居，听一位精瘦的一脸威严的老妇人讲解员讲了一些陀氏故事。没记住什么，只记得老妇人嘴边碎褶子很多，好似被反复加热过的打了蔫儿的烧麦。还记得她说陀氏的重孙子现在就在陀氏故居所在街区开有轨电车。对这个事实我有点幸灾乐祸的快意：陀思妥耶夫斯基是俄罗斯的大人物，他的后代不是也有开有轨电车的吗？我想起我母亲也是个作家，而我也没能按照她的希望出人头地。我的职业和婚姻可能都让她悲哀，但不管怎么说，我好歹还是个身在首都的国家公务员。我对我母亲的书房和文学从来就不感兴趣，所以，当我看见我表姐和她的新男友脑袋顶着脑袋凑在陀氏故居门厅的小柜台上购买印有这个大人物头像的书签时，当机立断做出决定：我要离开他们，一个人先回国。我没能等到返回我们所住的斯莫尔尼饭店，就皮笑肉不笑地把我的想法告诉了我的表姐。她怔了怔说："客观地说，你这是有点儿耍小孩子脾气。还有四天我们就能一起回去了。"我则在心里念叨着：别了，您那"客观地说"！

我想直接飞回北京但是不行，旅行社告诉我必须按他们合同上的计划出境。我应该从莫斯科飞哈巴罗夫斯克，再乘火车经由西伯利亚进入中国牡丹江。这是一条费事但听说省钱的路线，为此我愿意服从旅行社。二〇〇一年夏天的这个晚上，我在陈旧、拥挤的小屋机场喝了两瓶口味奇异的格瓦斯之后，终于等来了飞往哈巴罗夫斯克的航班，是架陈旧的图－154。我随着客流走进机舱，发现乘客多是来自远东，哈巴罗夫斯克人居多吧，只有少数莫斯科人和我这样的外国人。我既不懂俄语也分辨不清他们之间口音的差异，但说来奇怪，直觉使我区分出了莫斯科人和哈巴罗夫斯克人。

我的座位在后部靠走道,能够方便地大面积地看清铺在舱内那红蓝相间的地毯。地毯已经很脏,花纹几近模糊,渗在上面的酒渍、汤渍和肉汁却顽强地清晰起来。偏胖的中年空姐动作迟缓地偶尔伸手助乘客一臂之力——帮助合上头顶的行李舱什么的,那溢出唇边的口红暴露了她们对自己的心不在焉,也好像给了乘客一个信号:这是一架随随便便的飞机,你在上面随便干什么都没有关系。我的前排是一男两女三个年轻人,打从我一进机舱,听见的就是他们的大笑和尖叫。那男的显然是个莫斯科新贵,他面色红润,头发清洁,指甲出人意料地整齐,如一枚枚精选出来的光泽一致的贝壳,镶嵌在手指上。他手握一款诺基亚超大彩屏手机正向一左一右两位鬈发浓妆少女显摆。二〇〇一年的俄罗斯,手机还尚未普及,可以想象新贵掌中的这一超新款会在女孩子心里引起怎样的羡慕。似乎就为了它,她们甘愿让他对她们又是掐,又是咬,又是捏着鼻子灌酒,又是揪着头发点烟。我闷坐在他们后排,前座上方这三颗乱颤不已的脑袋,宛若三只上满了发条的电动小狮子狗。这新贵一定在哈巴有生意,那儿是俄罗斯远东地区重要的铁路枢纽,是河港、航空要站,有库页岛来的输油管道,石油加工、造船、机械制造什么的都很发达。也许这新贵是弄石油的，但我不关心他的生意，只惦记飞机的安全。我发现他丝毫没有要关机的意思，便忍不住用蹩脚的英语大声请他关机。我的脸色定是难看的，竟然镇住了手机的主人。他关了机，一边回头不解地看着我，好像在说：您干吗生那么大气啊？

这时舱门口走来了这飞机的最后两位乘客：一个年轻女人和一个五岁左右的小男孩。女人的手提行李不少，最惹眼的是她手里的一个圆形大帽盒。大帽盒在她手中那些袋子的最前方，就像是帽盒正引领着她向前。她和孩子径直朝我这里走来，原来和我同排，在我右侧，隔着一条走道。我这才看清她是用一只手的小拇指钩住捆绑那米色帽盒上的咖啡色丝带的，我还看见帽盒侧面画着一顶橘子大的男式礼帽。同样是人手的小拇指在动作，我对这个女人的小拇指就不那么反感。这个用小拇指钩住帽盒丝带的动作，让她显得脆弱并且顾家。这是一对属于哈巴罗夫斯克中等人家的母子，他们是到莫斯科走亲戚的。回来时带了不少东西，有亲戚送的，也有谨慎地从莫斯科买的。丈夫因事没和他们同行，她特别为他买了礼物：一顶礼帽。我在心里合理着我对这母子的判断，一边看她有点忙乱地将手中几个鼓鼓囊囊的袋子归位。她先把大帽盒安置在自己的座位上，让由于负重而显出红肿的那根小拇指小心翼翼地从帽盒的丝带圈里脱身出来，好像那帽盒本身是个正在熟睡的旅客。然后她再把手中其他袋子放进座位上方的行李舱。最后她双手捧起了帽盒，想要为它找个稳妥的去处。但是，原本就狭小的行李舱已被她塞满，其实已经容不下这庞大的帽盒。女人捧着帽盒在通道上原地转了个圈，指望远处的空姐能帮她一把。空姐没有过来，离这女人最近的我也没打算帮她——我又能帮上什么呢？换了我表姐，说不定会站起来象征性地帮着找找地方，我表姐会来这一套。这时女人前排一个瘦高的男人从座位上站起来，打开他头顶上方的行李舱，拽出一件面目不清的什么包，扔在通道上，然后不由分说地从女人怀里拿过帽盒，送进属于他的那一格行李舱。随着那舱盖轻松地啪的一声扣上，瘦高男人冲女人愉快地摊了摊手，意思是：这不解决了吗？接着他们俩有几句对话，我想内容应该是：女人指着地上的包说，您的包怎么办呢？男人捡起包胡乱塞进他的座位底下，说，它本来就不值得进入行李舱，就让它在座位下边待着好了。女人感激地一笑，喊回她的儿子——萨沙！这个词我听得懂。其时萨沙正站在我前排那莫斯科新贵跟前,凝神注视新贵手中的新款诺基亚。他不情愿地回到母亲身边,小声叨咕着什么。我猜是,女人要他坐在靠窗的里侧,就像有意把他和新贵隔离。而他偏要坐靠通道的座位。当然,最终他没能拗过他的母亲。这是一个麦色头发、表情懦弱的孩子,海蓝色的大眼睛下方有两纹浅浅的眼赘儿——我经常在一些欧洲孩子娇嫩的脸上看见本该在老人脸上看见的下眼赘儿,这让孩子显得忧郁,又仿佛这样的孩子个个都是老谋深算的哲学家。

飞机起飞了,我侧脸看着右边的女人,发现她竟是有些面熟。我想起来了,我在我那作家母亲的书架上见过一本名叫《卓娅和舒拉的故事》的旧书,书中卓娅的照片和我右边这位女邻座有几分相像。栗色头发,椭圆下巴,两只神情坚定的眼睛距离有点偏近。卓娅是我母亲那一代人心中的英雄,对我这种出生在六十年代的人,她则太过遥远。当年我凝望她的照片,更多注意的是她的头发。尽管她是卫国战争时期的英雄,可从时尚的角度看,她一头极短的鬈发倒像是能够引领先锋潮流。那时我喜欢她的发型,才顺便记住了她。现在我不想把飞机上我这位女邻座叫成卓娅,我给她编了个名字叫作伊琳娜。俄罗斯人有叫这个名字的吗？我不在乎。我只是觉得我的邻座很适合这几个字的发音：伊琳娜。她的绾在脑后的发髻，她那有点收缩的肩膀，她的长度过于保守的格子裙，她的两只对于女人来说偏大了点的骨关节泛红的白净的手，她那微微眯住的深棕色的眼睛和颤动的眼皮，那平静地等待回家的神情，都更像伊琳娜而不是卓娅。有广播响起来，告之乘客这架飞机飞行时间是九小时左右，将于明晨到达哈巴罗夫斯克。飞机十分钟后为大家提供一份晚餐，而酒和其他食品则是收费供应。

我草草吃过半凉不热的晚饭，三片酸黄瓜，几个羊肉丸子和油腻的罗宋汤。我得闭眼睡一会儿。哈巴罗夫斯克不是我最后的目的地，我还得从那儿再坐一夜火车。一想起这些就觉得真累。人们为什么一定要旅行呢？

当我睁开眼时，我发现这机舱起了些变化。多数旅客仍在睡着，变化来自伊琳娜前排座位。她前排座上的那个瘦高男人正脸朝后地把胳膊肘架在椅背上，跪在自己座位上和后一排的伊琳娜聊天。我暂且就叫他瘦子吧,他的一张瘦脸上，不合比例地长了满口白且大的马牙。他这脸朝后的跪相儿使他看上去有点卑微，有点上赶着。不过他那一身过于短小的、仿佛穿错了尺码的牛仔夹克牛仔裤，本身就含有几许卑微。

他的表情是兴奋的,手中若再有一枝玫瑰,就基本可以充当街心公园里一尊求婚者的雕像。伊琳娜虽然没有直视他的眼,却对他并不反感。他们好像在议论对莫斯科的印象吧,或者不是。总之他们说得挺起劲。没有空姐过来制止瘦子的跪相儿,只有伊琳娜身边的萨沙仰脸警觉地盯着瘦子——尽管他困得上下眼皮直打架。后来,久跪不起的瘦子终于注意到了萨沙的情绪,他揿铃叫来空姐买了一罐可乐和一段俄罗斯红肠给萨沙。果然,萨沙的神情有所缓和,他在母亲的默许下,有点忸怩地接受了瘦子的馈赠。他一手攥着红肠,一手举着可乐,对这不期而至的美食,一时不知先吃哪样为好。瘦子趁热打铁——我认为,他把两条长胳膊伸向萨沙,他干脆要求和萨沙调换座位。他有点巴结地说他那个座位是多么多么好——靠走道啊,正是萨沙开始想要的啊。萨沙犹豫着,而伊琳娜突然红了脸,就像这是她和瘦子共同的一个合谋。她却没有拒绝瘦子的提议,她默不作声,双手交叠在一起反复摩挲着。瘦子则像得到鼓励一样,站起来走到后排,把手伸到萨沙胳肢窝底下轻轻一卡,就将孩子从座位上"掏"了出来,再一把放进前排他的老座位。也许那真该被称作是老座位了,只因为座位的改变预示着瘦子和伊琳娜关系的新起点。难道他们之间已经有了什么关系吗？

我看见瘦子如愿以偿地坐在了伊琳娜身边，他跷起一条长腿搭在另一条腿上，身子向伊琳娜这边半斜着，脚上是后跟已经歪斜的尖头皮便鞋，鞋里是中国产而大多数中国人已不再穿的灰色丝袜，袜筒上有绿豆大的烟洞。我看出瘦子可不是富人，飞机上的东西又贵得吓人。但是请看，瘦子又要花钱了，他再次揿铃叫空姐，他竟然给伊琳娜和自己买了一小瓶红酒。空姐连同酒杯也送了来，并为他们开启了瓶塞。他们同时举起酒杯，要碰没碰的样子，欲言又止的样子，像是某种事情到来之前的一个铺垫。我看见伊琳娜有些紧张地拿嘴够着杯口啜了一小口，好比那酒原本是一碗滚烫的粥。瘦子也喝了一口，紧接着他猛地用自己的杯子往伊琳娜的杯子上一碰，就像一个人挑衅似的拿自己的肩膀去撞另一个人的肩膀。伊琳娜杯中的酒荡漾了一下，她有点埋怨地冲他笑了。我很不喜欢她这种埋怨的笑，可以看作那是调情的开始，或者说是开始接受对方的调情。

我在我的座位上调整了一下姿势，让自己坐得更舒服，也可能是为了更便于观察我右侧的这对男女。我承认此时我的心态有几分阴暗，就像喜欢看名人倒霉是大众的普遍心理一样。虽然伊琳娜不是名人，但我觉得她至少是个正派女子。看正派女子出丑也会让我莫名其妙地满足。我觑眼皱眉地左顾右盼，并希望萨沙过来看看他母亲现在这副样子。萨沙正专心地品味红肠，从我这个角度可以看见他小小的半侧面。我前排那三位"电动狮子狗"在睡过了一阵之后同时醒来。他们一经睡醒就又开始忙着吃喝，几乎买遍飞机上所有能买的东西。他们喝酒也不用酒杯，他们一人一瓶，嘴对着瓶口直接灌，间或也互相灌几口。他们的粗放顿时让伊琳娜和瘦子显得文明而矜持，如果你愿意也完全可以说是让他俩显得寒碜。当我想到这个词的时候，杯中酒已经让伊琳娜放松了，她和瘦子从有距离的闲聊开始转为窃窃私语，她脑后的发髻在椅背的白色镂花靠巾上揉搓来揉搓去，一些碎发掉下来，垂在耳侧，泄露着她的欲望。是的，她有欲望，我在心里撇着嘴说。那欲望的气息已经在我周边弥漫。不过我似乎又觉得那不是纯粹主观感觉中的气息，而是——前方真的飘来了有着物质属性的气息。

　　从这机舱的前部，走来了两位衣冠楚楚的男士。当我把眼光从伊琳娜的发髻上挪开，看见前方这两个男人，顿时明白那气息来自他们——至少是其中一人身上的博柏利男用淡香水。我对香水所知甚少，所以对这款香水敏感，完全是我母亲的缘故，她用的就是这一款。记得我曾经讥讽我母亲说，您怎么用男人的香水啊？我母亲说，其实这是一款中性香水，男女都能用。我想起母亲书架上《卓娅和舒拉的故事》，对这位年轻时崇拜卓娅、年老时热衷博柏利男款香水的妇人常常迷惑不解。眼下这两位男士，就这架懒散、陈旧的飞机而言，颇有点从天而降的意味——尽管此时我们就在天上。他们年轻、高大、标致、华丽，他们考究、雕琢。打扮成如他们的，仿佛只有两种人：T型台上的男模和游走于五星级酒店的职业扒手。他们带着一身香气朝后边走来，腕上粗重的金手链连同手背上的浓密汗毛在昏暗的舱内闪着咄咄逼人的光。他们擦过我的身边，一眨眼便同时在机舱后部的洗手间门口消失了。

我的不光明的好奇心鼓动着我忍不住向后方窥测，我断定他们是一同进了洗手间而不是一个等在外边。在这里我强调了"一同"。此时最后一排空着的座位上，一个空姐正视而不见地歪着身子嗑着葵花子。显然，她对飞机上的这类行径习以为常。大约一刻钟后，我终于亲眼看见两个男人一前一后从洗手间出来了，其中一个还为另一个整理了一下歪斜的领带。我一边为我这亲眼看见有那么点兴奋，一边又为他们居然在众目睽睽之下，利用飞机上如此宝贵而又狭小的洗手间将两个身体同时挤了进去感到气愤。啊，这真是一架膨胀着情欲的飞机，两位华丽男士的洗手间之举将这情欲演绎成了赤裸裸的释放——甚至连这赤裸裸的释放也变成了表演。因为半小时之后，这二位又从前方他们的座位上站起来，示威似的相跟着，穿过我们的注视，又一同钻进了洗手间。

我所以用了"我们"，是因为当华丽男士经过时，伊琳娜和瘦子也注意到了他们。而瘦子的右手，在这时已经搭上了伊琳娜的左肩。

过了半点钟，那只手滑至伊琳娜的腰。

过了半点钟，那只手从伊琳娜腰间抽出，试探地放上了她的大腿。

夜已很深，我已困乏至极，又舍不得放松我这暗暗的监视，就找出几块巧克力提神。巧克力还是我从国内带出来的，德芙牌。在国内时并不觉得它怎么好吃，到了俄罗斯才觉得我带出来的东西全都是好吃的。这时一直没有睡觉的萨沙也显出困乏地从前排站起来找伊琳娜了，他来到伊琳娜身边，一定是提醒她照顾他睡觉的。可当他看见伊琳娜正毫无知觉地和瘦子脑袋顶着脑袋窃窃私语，便突然猛一转身把脸扭向了我。他的眼光和我的眼光不期而遇，我看出那眼光里有一丝愠怒。那短短的几秒钟，他知道我知道为什么他会突然扭转身向我，我也知道他知道我看见了他母亲的什么。在那几秒钟里我觉得萨沙有点像一个被遗弃的孤儿。我本是一个缺乏热情的人，这时还是忍不住递给他一块巧克力。对食物充满兴趣的萨沙却没有接受我的巧克力，好像我这种怜悯同样使他愠怒。他又一个急转身，捯着小步回到他那被置换了的座位上，坐下，闭了眼，宛如一个苦大仇深的小老头。

我偷着扫了一眼伊琳娜，她的头一直扭向瘦子，她没有发现萨沙的到来和离开。

过了半点钟，瘦子的手还在伊琳娜腿上——或者已经向上挪了一寸？它就像摆在她格子裙上的一个有形状的悬念，鼓动我不断抬起沉重的眼皮生怕错过什么。好一阵子之后，我总算看见伊琳娜谨慎地拿开它，然后她起身去前排照看萨沙。萨沙已经睡着了——也许是假寐，这使伊琳娜有几分踏实地回到座位上,瘦子的手立刻又搭上了她的大腿。她看了看复又搭上来的这只手,和瘦子不再有话。她把眼闭上,好像要睡一会儿,又好像给人一个暗示:她不反感自己腿上的这只手。果然,那只手像受了这暗示的刺激一般,迅疾地隔着裙子行至她的腿间。只见伊琳娜的身体痉挛似的抖了一下,睁开了眼。她睁了眼,把自己的手放在瘦子那只手上,示意它从自己腿间挪开。而瘦子的手很是固执,差不多寸步不让,就像在指责伊琳娜刚才的"默许"和现在突然的反悔。两只手开始互相较劲,伊琳娜几经用力瘦子才算妥协。但就在他放弃的同时,又把自己的手翻到伊琳娜手上,握住她那已经松弛的手,试图将它摆上自己的腿裆。我看见伊琳娜的手激烈地抵抗着,瘦子则欲罢不能地使用着他强硬的腕力,仿佛迫切需要伊琳娜的手去抚慰他所有的焦虑。两只手在暗中彼此不服地又一次较量起来,伊琳娜由于力气处于劣势,身体显出失衡,她竭力控制着身体的稳定,那只被瘦子紧紧捏住的充血的手,拼死向回撤着。两人手上的角力,使他们的表情也突然变得严峻,他们的脑袋不再相抵,身体反而同时挺直,他们下意识地抬头目视正前方,仿佛那儿正有一场情节跌宕的电影。

我累了。我觉得这架飞机也累了。

就在我觉出累了的时候,我看见伊琳娜终于从瘦子手中夺回了自己的手,并把头转向我这边。她匆忙看了我一眼,我用平静的眼光接住了她对我匆忙的扫视,意思是我对你们的事情不感兴趣。我听见伊琳娜轻叹了一声,再次把头转到瘦子那边。接着,她就像对不起他似的,活动了一下被扭疼的手,又将这手轻轻送进瘦子的手中。这次瘦子的手不再强硬了,两个人这两只手仿佛因为经过了试探、对抗、争夺、谈判,最终逃离了它们之间的喧哗和骚动,它们找到了自己应该的位置,它们握了起来,十指相扣。最后,在这个夜的末尾,他们就那样十指相扣地握着手睡了。这回好像是真睡,也许是因为伊琳娜终于让瘦子知道,一切不可能再有新的可能。

哈巴罗夫斯克到了。我没能看见伊琳娜和瘦子何时醒来又怎样告别,当我睁开眼时,他们已经像两个陌生人一样,各走各的。伊琳娜已经把属于她的各种袋子拿在手上,领着萨沙抢先走到前边到达机舱门口,就像要刻意摆脱瘦子一样。睡眼惺忪的旅客们排在他们后边,离他们母子最近的是莫斯科新贵,他早已打开诺基亚,高声与什么人通着什么话。然后是那两位华丽男士。一整夜的旅行并没有使他们面带疲惫，相反他们仍然衣冠楚楚，头发也滑腻不乱，好比蜡像陈列馆里那些酷似真人的蜡像，也使昨晚的一切恍在梦中。

八月的哈巴罗夫斯克的清晨是清凛的，如中国这个季节的坝上草原。走出机场，我呼吸着这个略显空旷的城市的空气，打了个寒战。旅客们互相视而不见地各奔东西，你很少在奔出机场的匆匆的人群中见到特别关注他人的人。我也急着寻找旅行社来接我的地陪，却忽然看见在我前方有一样熟悉的东西——伊琳娜的大帽盒，现在它被拿在那个瘦子手里。他走在我前边，正跨着大步像在追赶什么。我想起来了，伊琳娜的帽盒被存进瘦子的行李舱，而她在下飞机时把它忘记了。

帽盒使昨晚的一切又变得真切起来，也再次勾起了我的好奇心。我紧跟在瘦子后面，看见他扬着手中的帽盒，张嘴想要喊出伊琳娜的名字，却没有发出声音。我想他们其实就没有交换彼此的姓名吧，这给他的追赶带来了难度。可是伊琳娜在哪儿呢？我在并不密集的人流中没有发现他们母子，他们就像突然蒸发了一样。又走了几步，在我前边的瘦子猛地停了下来，盯住一个地方。我也停下来顺着他的眼光看去：在停车场旁边，在离我和瘦子几米远的地方，伊琳娜正和一个男人拥抱，或者说正被一个男人拥抱。那男人背对着我们，因此看不清面目，只觉得他个子中等，体格结实，头颅显得壮硕，脖子上的厚肉，稍微溢出了衬衫的领子。伊琳娜手中那些袋子暂时摆放在地上，萨沙守在袋子旁边，心满意足地仰头看着他的父母——肯定是他的父母。

这情景一定难为了瘦子，而伊琳娜恰在这时从男人肩上抬起头来，她应该一眼就看见了帽盒以及替她拎来了帽盒的瘦子。她有点发愣，有点紧张，有点不知所措。在她看见了瘦子的同时我认为她也看见了我。她的儿子，那个正在兴高采烈的萨沙，更是立刻就认出了我们俩。他警觉并且困惑地盯着这两个飞机上的男女，好像一时间我和瘦子成了会给他们母子带来不测的一组同伙。一切都发生在几秒钟之内，来不及解释，也不应该出错。是的，不应该出错。我忽然觉得我才应该是那个为她送上帽盒的最佳人选，我很惊讶自己又一次当机立断。我不由分说地抢上一步，对瘦子略一点头算是打了招呼，接着从他手中拿过——准确地说是"夺过"帽盒，快步走到伊琳娜丈夫的背后，将帽盒轻轻递到她那正落在她丈夫肩上的手中。至此，瘦子、我，还有伊琳娜，我们就像共同圆满完成了一项跨越莫斯科与哈巴罗夫斯克的接力赛。也许我在递上最后这一"棒"时还冲她笑了笑？我不知道。我也看不见我身后瘦子的表情，只想脱身快走。

我所以没能马上脱身，是因为在这时萨沙对我做了一个动作：他朝我仰起脸，并举起右手，把他那根笋尖般细嫩的小小的食指竖在双唇中间，就像在示意我千万不要作声。可以看作这是一个威严的暗示，我和萨沙彼此都没有忘记昨晚我们之间那次心照不宣的对视。这也是一个不可辜负的手势，这手势让我感受到萨沙一种令人心碎的天真。而伊琳娜却仿佛一时失去了暗示我的能力，她也无法对我表示感激，更无法体现她起码的礼貌。就见她忽然松开丈夫的拥抱，开始解那帽盒上的丝带。也只有我能够感受到，她那解着丝带的双手，有着些微难以觉察的颤抖。她的丈夫在这时转过脸来，颇感意外地看着伊琳娜手中突然出现的帽盒。这是一个面善的中年人，他的脸实在是，实在是和戈尔巴乔夫十分相似。

伊琳娜手中的丝带滑落,她打开盒子,取出一顶做工精致的细呢礼帽。礼帽是一种非常干净的灰色,像在晴空下被艳阳高照着飞翔的灰鸽子的羽毛。这礼帽让戈尔巴乔夫似的丈夫惊喜地笑了,他以为——按常规,伊琳娜会为他戴上礼帽,但是,伊琳娜却丢掉帽盒,把礼帽扣在了自己头上。

我所以用"扣"来形容伊琳娜的戴礼帽,是因为这按照她丈夫的尺寸选购的男式礼帽戴在她头上显得过大了,她那颗秀气的脑袋就像被扣进了一口小锅。礼帽遮挡了她那张脸的大部,只露出一张表情不明的嘴。礼帽在一瞬间也遮挡了她的礼貌,隔离了她和外界的关系,她什么也看不见了,包括不再看见瘦子和我。她可以不必同任何生人、熟人再作寒暄,她甚至可能已经不再是她自己。她的丈夫再一次欣赏地笑了,他一定是在妻子扣着男式礼帽的小脑袋上,发现了一种他还从来没有见过的幽默。然后,他们一家三口就拎着大包小包,朝远处一辆样式规矩的黑轿车走去。

其实我从来就没想过要把昨晚飞机上的事告诉给第二个人。昨晚发生了什么吗?老实说什么也没有发生。是萨沙贴在唇上的手指和伊琳娜扣在自己头上的礼帽让我觉出了某种无以言说的托付。特别当我预感到我和他们终生也不会再次谋面时，这"托付"反而变得格外凝重起来。嗯，说到底，人是需要被人需要的。我一边这样想着，一边再次遥望了一下远处的伊琳娜，她头上晃荡的礼帽使她的体态有点滑稽，但客观地说，她仍然不失端庄——我知道我在这里初次用了一个我最讨厌的我表姐的口头语："客观地说"，不过它用在这儿，似乎还称得上恰如其分。

我看见一个脸上长着痤疮的中国青年举着一块小木牌，上面写着我的名字。他就是我在哈巴罗夫斯克的地陪了，我冲他挥挥手，我们就算接上了头。

2008年2月14日

咳嗽天鹅

天越来越冷了。早上,刘富蜷在被窝里拿被头围住下巴,一边不愿意起床,一边又想着,今天无论如何得看准机会再给省城的动物园去个电话。天真是越来越冷了,院子里那只天鹅,说什么也要给动物园送去。

刘富在镇上给镇长开车。这镇是个山区穷镇,镇长的车是辆二手"奇瑞"。车到刘富手里时,已经跑了快三十万公里了,可刘富照样把它拾掇得挺干净。前一位司机在车门上拴了根聚乙烯绳子,绳子上搭着擦汗的毛巾。刘富看着很不顺眼:这可是轿车啊,轿车又不是工棚,哪有随便往轿车上拴绳子的!刘富一边在心里强调着"轿车",一边扯掉绳子,把毛巾扔到远处——他嫌那毛巾的气味不好。

刘富爱干净,像是天生的。小时候,他最怕阴天下雨。那时他站在屋门口,眼看着雨水和着院子里的鸡屎、猪粪、柴草、树叶，把院子下成个脏污的大泥坑。他不肯向这泥坑下脚，为此甚至不打算去上学。有一次他还气愤地大哭起来，让家人以为他突然受了什么惊吓。后来他长大了，离开他的村子去省城当兵，在部队学会开车，并被选中给省军区一个副政委当驾驶员。虽然刘富最终还是回到家乡的镇上，但他毕竟去外边开过眼界。他变得更爱干净，并且滋长着一点从前并不明显的小傲气。比如他经常对香改说："就你，要不是为了让我妈高兴，打死我也不会娶了你。"

香改是刘富的老婆，人长得好看，却生性邋遢，手脚都懒。结婚之后，刘富从来没在自家的大衣柜里找到过要找的衣服。那衣柜永远是拥挤混乱的，要么是某只袜子挤住合页使柜门怎么也关不住；要么是一拉开柜门，里边的衣物犹如洪水猛兽奔涌而出，劈头盖脸倾泻在刘富身上。这很让刘富受不了，就为了这个，他和香改闹起离婚。女儿没出生时就闹，生了女儿还闹，最近三年又一直闹。香改终于抵抗不住刘富的坚决，好比刘富爱干净一样，香改爱邋遢，也像是天生改不了的。所以有一天她说："离就离，缺了鸡蛋还不做槽子糕了！"意思是，没了你我也能活命——说不定活得更好。刘富说，话已出口可不能翻悔。香改说知道你还惦着人家副政委的闺女呢。刘富说，哼，司令的闺女都不在我的考虑之内！香改说这家真是盛不下你了！话没说完突然大声咳嗽起来，从此这咳嗽没有一天断过。香改的咳嗽咳得刘富脑仁儿疼，当他脑仁儿疼的时候他甚至看见了脑仁儿的样子，就跟核桃仁儿差不离吧——这附近的山里出产核桃。香改咳嗽着索性躺倒在床上什么也不干了，包括不再给刘富做早饭。

现在，刘富钻出被窝洗漱完毕，空着肚子来到院里，西屋响起香改的咳嗽声。一明两暗的三间房，刘富住东屋，香改和女儿住西屋。刘富朝东窗根儿望望，那儿有个半人高的临时小窝棚，是刘富给天鹅搭的。那只天鹅，刘富一睁开眼就想起的天鹅，在这时好似响应着香改的咳嗽一样，从窝棚里伸出雪白的长颈也"咳、咳、咳"地高声叫起来，又仿佛是同它的临时主人刘富打着招呼。每逢这时刘富就想：怨不得这天鹅名叫咳嗽天鹅呢，一叫还真像咳嗽一样，可真不怎么好听。

这只天鹅是镇长送给刘富的。两个月前刘富和镇长去了一趟邻省内蒙古的蓝旗看亲戚，临走时镇长的亲戚用个竹筐把天鹅装上，塞进"奇瑞"的后备厢对镇长说，每年秋天都有天鹅群经过他们村边的大洼飞往南方过冬。那天他去大洼里拾野鸭蛋,发现了芦苇丛里这只天鹅:耷拉着脖子,毛多着,一看就是只病鹅。亲戚说他知道天鹅是珍贵动物,就把它弄回家想先给它治治病。可它不吃不喝一个劲儿拉稀,村中兽医也不知怎么对付天鹅。有村人说,眼见着活不了几天了,等它死不如杀了吃肉。亲戚说他下不去手啊,正好你们来了,就给你们捎上,我也就眼不见心不烦了。

天鹅随镇长离开蓝旗,乘坐"奇瑞"奔跑八十公里来到镇长的镇上。刘富把车在镇长家门口停稳,下车打开后备厢,掏出装着天鹅的竹筐就往镇长院里走。镇长却用身子挡住院门说别别别,这天鹅就归你刘富了。刘富说这么贵重的东西我不能要。镇长说你看我忙成这样哪有工夫管天鹅呢。刘富说人家不是叫你杀了吃呀。镇长说,你听说过那句老话吧:癞蛤蟆想吃天鹅肉——妄想。咱们是俗人,不敢乱吃。我要是吃了它,不是找着当癞蛤蟆啊。

镇长把话讲到这个份上,那不由分说的口气,和他那位蓝旗的亲戚不相上下。刘富便不敢不接下这天鹅。他拉着天鹅往家走,心里有几分恼火。平白无故的,怎么就非得他来管这只天鹅呢。因为从小讲究干净,刘富连家里养的猪、羊、鸡、狗都不靠近，现在带只病鹅回家，可真不是像歌里唱的——出于爱心，无可奈何罢了。他打算过几天怎么也得把它给出去。

天鹅来到刘富的家，刘富的女儿表现出热烈欢迎。女儿正念初中，立刻上网查了天鹅的资料，对照着家中这只活生生的鹅，她得出结论，它的学名应该是大天鹅，也叫黄嘴天鹅、咳声天鹅，属鸟纲，鸭科。全身羽毛雪白，身体丰满，嘴基本是黄色，且延伸到鼻孔以下。嘴端和脚呈黑色，腿短，脚上有蹼。主要生活在多芦苇的湖泊、水库、池塘中。全球易危物种，国家二级保护动物。女儿把这些信息告诉刘富，刘富听得清楚明白，尤其记住了"咳声天鹅"四个字，只是把咳声天鹅听成了咳嗽天鹅，从此没改口。

天鹅来到刘富的家，虽然还是无精打采，不吃不喝的，却一时没有被刘富"给"出去，刘富虽然对它很不耐烦，但还是和女儿研究起怎么给它治病。网上显示的资料说天鹅容易患肠胃炎，刘富蹲在院子里观察天鹅，猜这天鹅说不定得的是肠胃炎。刘富自己就常闹这病，司机的生活不规律，大多都有这病。刘富大胆给鹅用药，氟哌酸加黄连素，只两天，这鹅竟然好了起来，也吃也喝了，那咳嗽一般的叫声也亮堂了。天鹅该吃什么也是女儿从网上查得,它爱吃水生植物的根、茎、叶和软体动物,昆虫、蚯蚓什么的。这使刘富想起镇长那位内蒙古蓝旗的亲戚,天鹅就是病在那儿的芦苇丛里。可惜刘富这山里小镇缺的是水,和水有关的植物、动物实在有限,蔬菜也卖得很贵。头两天女儿只喂了它剁碎的白菜帮子,觉得没营养,就又上网查。这次查到了省城的动物园,动物园里有个天鹅馆,天鹅馆里的天鹅吃油菜、白菜、胡萝卜、鸡蛋、蚯蚓,还有掺了维生素的玉米粉什么的。刘富对女儿感叹说,这比人吃得也不差呀,就说鸡蛋吧,你爸也不是天天吃呢。

刘富不是不爱吃鸡蛋,他对饮食的安排自有一套算计。给镇长当司机就免不了随镇长出去吃喝,地方越穷,吃喝风越盛。刘富在家粗茶淡饭,好吃的都留给女儿,再馋也硬扛着。攒足了劲,在外边吃喝时便不遗余力,每回都把自己撑个半死。香改和女儿都知道刘富的算计,香改的炊事本领本来不强,更乐得省心省力。特别当她明确同意离婚以后,常回娘家去住,干脆就不给他做饭。香改的娘家也在镇上,女儿放了学就去姥姥家吃饭。现在一只天鹅就得每天吃家里一个鸡蛋，刘富很心疼。可他又知道，女儿要什么是不管他心疼不心疼的。再说，这天鹅在家里养了些日子，还显出和刘富挺亲，每天早晨刘富一出屋门，它准在东窗根儿的窝棚里咳、咳、咳地大叫几声，问好似的。常常在这时，西屋的香改也会咳嗽起来，好似迫不及待和天鹅比着赛。刘富不为天鹅的"问候"所动，他只觉得自己倒霉，稀里糊涂家里就添了女人的咳嗽和咳嗽的天鹅。

转眼间，天鹅来到刘富的家已经两个多月。一天早晨，刘富在院子里迎接了天鹅的问候之后，就见它步履跟跄地从窝棚里钻出来，站也站不好，走又不敢走似的。刘富蹲在地上仔细观察，立刻发现了问题：这天鹅的脚蹼已经干裂。刘富的脚就在这时也突然不自在起来，脚趾缝之间像有利刃在切割，凉飕飕的刺痛。女儿放学回来，刘富催她赶快上网再查。原来天鹅只能旱养两三个月，离开水过久脚蹼就会皲裂。刘富这才用心想想"候鸟"这个词。天鹅是候鸟，刘富的小镇既寒冷又没水，能管天鹅一时，却管不了它的一世。

哪里能管它的一世呢？刘富问女儿。女儿想了想说：动物园。

省城动物园有个天鹅馆，专门养天鹅的。刘富见过网上的图片，天鹅在馆中的水池里嬉戏。女儿在网上查到了天鹅馆的电话，写下来交给刘富说，可以给他们打电话，就说我们有一只天鹅要送给他们。

刘富接过电话号码，心想这网啊真是个好东西，天下没它不知道的事。又觉得女儿也挺不简单，小小的人儿，已经能指挥老子了。

刘富没有在家里给动物园打电话，他也不用自己的手机联络这样的事——不划算。他到镇政府办公室用公家的电话和省城联系，有点偷偷摸摸，可也无伤大雅。刘富每次用公家电话时都在心里鼓舞着自己说，谁也不能说我这就是私事。从根儿上说，这天鹅的事本来是镇长的事。刘富一连打了很多天电话，终于有一次打通了省城动物园的天鹅馆，接电话的是位男同志。刘富问他贵姓，对方说免贵姓景。刘富说景馆长好。对方说我们这儿不叫馆长叫班长，刘富说景班长好，然后就说了要送天鹅的事。景班长说对不起我们不直接从私人手里收养天鹅。刘富说可是它的脚蹼都裂了呀，我们这地方又没水，看着怪可怜的。景班长说我告诉你个号码你给野生动物保护协会打电话，我们只接收他们批准派送的动物。

刘富就给野生动物保护协会打电话。几天之间打了五次，到第六次通了。刘富说了自己的意思，对方问了刘富的姓名、年龄、职业、住址，又问天鹅的来历、外貌、年龄。刘富一一作答，唯一答不上来的是这天鹅的岁数。最后对方说考虑考虑再决定给他开介绍信。

过了一个礼拜，眼看着腊月近了，野生动物保护协会还没消息。刘富就又去办公室打电话，问对方是不是批准他往动物园送天鹅。对方说我们没见这只天鹅，不好下结论是不是能送给动物园。刘富说那你们可以来看看。对方说你那个镇离省城二百多公里，我们为了看一只天鹅得花多少行政成本啊。刘富有点不悦，说你们这个协会不就是保护野生动物的吗，不在这上花成本你们还干什么呀！对方听不得这个，啪地挂断了电话。刘富听着电话里的忙音，觉出自己的话太硬，弄得事没办成还伤了和气，这电话怎么说也还得打。

就又打。再打电话刘富低声下气的，说了很多他们这里养天鹅的难处。又经过十多天四五个回合，对方不再坚持要求目睹天鹅，终于答应刘富，批准他把天鹅送往省城动物园，并说念刘富这样执着，介绍信也免开了，他们会直接通知那位景班长，他们和动物园有业务关系。

于是，这个寒冷的早晨，香改和天鹅一块儿咳嗽起来的早晨，刘富赶紧又去镇政府办公室给天鹅馆的景班长打了电话。景班长在电话里说，他已经接到野生动物保护协会的电话。还说我算服了你了，为这么一只天鹅，你看你打了多少电话啊。什么时候把天鹅送来，我请你喝酒。

刘富终于等到了去省城的机会——司机是不乏这类机会的。镇长一个在省城的亲戚生病住院，想吃这里的特产：土鸡和紫心地瓜。镇长就派刘富开车把地瓜和土鸡送往省城。

晚上，刘富对女儿说了动物园要收下天鹅的事，女儿说，明天早晨我要再喂它一个鸡蛋。然后，刘富又把香改叫到东屋说，明天你也跟我去趟省城。你那咳嗽从来也没好好治过，离婚之前，我得给你把咳嗽治好。香改不吭声，不吭声就是同意。兴许住娘家让她住出了甜头——娘家人不挑剔她邋遢，一回娘家她就浑身自在，离婚这事，也就越发显出不那么可怕了。

第二天天刚亮，刘富就把"奇瑞"擦洗得锃光瓦亮。他把天鹅装进当初那个竹筐，让天鹅和香改都坐在后排座上，他带着天鹅和香改趁着早起开赴省城。

中午之前他们就顺利到了省城，先去医院把该送的东西送到，接着他们直奔动物园。途中他们路过了省军区大门口，刘富当兵时住过的地方。刘富看见了那大门，他猜后排的香改也看见了。他想起香改讥讽他惦记副政委的女儿，那真是香改说颠倒了啊。当年是副政委的女儿看上了刘富，有一次非要把他放在车上的衬衫拿回家洗，刘富不让，那女儿便大发脾气，跑进厨房一口气摔了四个盘子。后来刘富就复员了。现在一切都过去了，刘富并不懂得什么叫伤感，他不满意眼下自己的日子，但也从来没有想念过那位副政委的女儿。

刘富把车在动物园停车场停好，搬下装着天鹅的竹筐对车上的香改说，你就坐在车上等我，一会儿我就出来。

这是一个晴天，风硬，太阳却很明亮。刘富带着天鹅来到动物园门口，对检票员说了要送天鹅，让他给景班长打电话。检票员和天鹅馆通了电话之后，放刘富进园，并指给他天鹅馆的方向。园内游人不多，刘富很快就找到了天鹅馆：敢情有这么一大片水啊，三十来亩吧。那馆就在水的中央，孤岛似的。现在水面结了冰，一只天鹅也没有，想必都在那馆中的水池里。在天鹅馆通往岸边的弯弯曲曲的小桥上，一个五十多岁的黑脸汉子迎着刘富走过来，这当是景班长了。他一边对刘富道着"辛苦辛苦"，一边打量着他怀里的竹筐说，不错，是大天鹅，你在电话里总叫它咳嗽天鹅。

刘富随景班长进了天鹅馆，馆中的水池里，果然有一对对的天鹅在游动。刘富把竹筐放在地上说，看它这脚蹼裂的，快让它进水里泡泡吧。景班长说不忙，我们的人先要给它做体检，这是规定。说话间两个穿灰大褂的工作人员就领走了刘富的天鹅。

景班长在池边热情地为刘富做着讲解。他指着池中的天鹅告诉刘富，这一对叫疣鼻天鹅，在天鹅里算性情厉害的，叫声嘶哑；那一对红额头的黑天鹅叫澳洲黑，贵得很，万数块钱一只。还有那一对就不用我说了，和你送来的一样，大天鹅。我们这儿最多的就是大天鹅……刘富有一搭无一搭地听着，老实说他对各种天鹅并不感兴趣，置身天鹅馆他只有一个很具体的愿望，他想亲眼看见他的那只裂了脚蹼的咳嗽天鹅下水入了池中天鹅的群，他也就算对得起它了，他也就算了了一桩麻烦事。在池边溜达了一会儿，景班长引刘富出了天鹅馆，领他进了旁边一间小屋，说这是他们的值班室。值班室不大，一张旧方桌四周，散放着几把木椅。景班长指了把椅子请刘富坐下，又给他倒了一杯白开水，说快中午了，一会儿就在这儿吃了饭再走，这大冷的天……刘富这才觉出饿来，却还是虚着推让了一下。景班长叫刘富不要客气，说饭就在这个值班室吃，说他在这儿吃了三十多年中午饭了。又不摆席，就是馒头粉条菜。刘富便也不再推辞。他端起那杯白开水，本能地观察着水杯的卫生程度。他发现这杯子油渍麻花的，就不再想喝。怕景班长看出他的嫌弃，又赶紧找个话题。他看见屋角堆着几只敞口的麻袋，里边是些黄豆大的褐色颗粒，他问景班长那是不是喂天鹅的料，景班长说是，说现在方便多了，都是这种加工好的成品饲料，里边各种营养成分按比例搭配，既科学又省事。不像三十多年前，他十七八岁的时候，刚接替父亲到动物园上班，进天鹅馆喂天鹅。每天都得去饲养室领窝头，一个窝头就有海碗大，回来要切成小丁，一天得切一百二十多斤，切得他手腕子发抖啊。刘富就说，真是干什么也不容易，看不出喂天鹅也是个力气活儿呢。

两人说着话，有管理员已经在桌上摆出两副碗筷，两只青花瓷酒杯，一瓶"小二"——二两装二锅头，一碟花生米。景班长给刘富和自己斟上酒，刘富说这酒就不喝了，他开着车呢。景班长说两个人喝一瓶"小二"还能叫人开不成车？说完硬把酒杯塞进刘富手里。两个人真喝了起来。

一会儿粉条菜端上来了。

一会儿管理员叫景班长出去了。

一会儿景班长回来了。

一会儿一只热气腾腾的黑铁锅端了上来，锅里炖着灰褐色的大块的肉。景班长举起筷子冲着铁锅对刘富说，来，尝尝。

刘富说这是鸡呀？景班长说是鹅，你送来的那只天鹅。

刘富放下筷子，似懂未懂的样子。

景班长只好给他解释说，动物园医生已经为这只天鹅做了体检，结果是它太老了，足有二十五岁了，体内脏器严重老化，基本不再有存活的意义。

刘富说多老算是老啊？

景班长说天鹅寿命在二十五岁左右，你说它老不老。

刘富说可它正活着哪。

景班长说我们养这么一只老天鹅所要花费的成本你想过

没有?

刘富不记得自己是怎么离开天鹅馆的,只记得他摔了眼前一个酒杯。当他出了动物园,开了"奇瑞"的车门把车发动着之后,才觉出自己的脚趾缝一阵阵钝痛,像被长了锈的锯子在割锯。他把头伏在方向盘上闭住眼,眼前立刻是黑铁锅里被肢解了的白天鹅。刘富的整个脑袋顿时轰鸣起来。他没有想到,这只麻烦了他几个月的天鹅,竟会让他的心有那么大的说不出的难受。该怨谁呢,他想不清楚。回到家又怎么向女儿交代呢,他更想不清楚。这时从车厢后排座上传出一阵咳、咳、咳的咳嗽声,刘富心里一惊:这不是我那咳嗽天鹅吗?难道它没有被送进黑锅它也没有那么衰老,刚才的一切只不过是我做的一个乱梦?他惊着自己,从方向盘上抬起脸,却僵直着脖子不敢回头,生怕一回头那咳嗽声便永远消失。但咳嗽声没有消失,只是由咳、咳、咳变成了吭、吭、吭,像是忽然被人捂住了嘴。刘富小心翼翼地扭转头朝后排座看去,他看见了歪坐在那里不急不火的香改。

刘富如果不在这时往后看,他就真的记不起香改还在车上等着他。大半天时间他已经把她给忘了，他原本要在离婚前给香改治好咳嗽的。是啊，咳嗽，刘富曾经那么厌恶香改的咳嗽，他也同样不喜欢天鹅的咳嗽。每当女人和鹅同时在院子里咳嗽起来，他就觉得他的生活纷杂、烦乱，很没有成色。但是就在刚才，当他听见后排座上突然响起的咳嗽声时，竟意外地有了几分失而复得般的踏实感。

刘富发动了"奇瑞"一心想要快些离开省城，路上他只下了一次车给香改买了一套煎饼馃子。香改不挑食，也不抱怨刘富丢她在车上那么长时间，只扎着头吃煎饼。吃了一会儿才冷不丁问刘富一句："哎，你不吃啊？"刘富摇摇头，香改就又自顾自地吃起来。唉，这就是香改了。刘富叹道。其实香改从来就是这样吧？只是他忘了她从来就是这样。他没有在医院门前停车，也没有征得香改的同意。也许他是想，要是从今往后给香改治咳嗽还有的是时间，他又为什么非在今天不可呢。也许他是想，眼下回家才最是要紧。他记起今天是腊月二十三，年已经不远了。

2008 年 6 月 18 日

风　度

丽景酒店三楼，法兰西，六点。他们是这么告诉她的。法兰西是他们订的那间包房。

和法兰西这个称谓相比，她的名字就显出了几分"土"，她叫程秀蕊，十九岁以前一直生活在乡村。不过，就像C市丽景酒店的这间"法兰西"并不在法兰西一样，今天的程秀蕊也已经不在乡村。那么，她去赴六点钟的这个聚会，原本谈不上什么忸怩和不自在。程秀蕊早就是C市的市民了，在市医院工会工作，一年前已经退休。

但是，这个聚会是和乡村有关的。那天胡晓南给她打电话说得很明白，他说知道谁要从北京来吗？李博呀。程秀蕊说李博不是在法国么。胡晓南说刚回来，他的公司和北京谈一个环保项目。三十多年不见了，我们这几个黑石头村的人……王芳芳啊宋大刚啊……我们要聚一聚，我定地方我买单……结果就定了丽景酒店。这是 C 市最贵的酒店，胡晓南刻意的选择。他从二十年前大量收购贵州的"苗银"起家，如今在 C 市经营着珠宝批发。如果不是李博要从北京来，程秀蕊和他们一年也难得见一面。

这是五月的一个晚上，程秀蕊提前给儿子儿媳和丈夫做好晚饭，换了身衣服，打车来到丽景酒店。她走进"法兰西"时，胡晓南他们几个以及他们的家属——各自的太太和先生，已经围在包房里一只象牙黄的大理石假壁炉前高谈阔论，他们在谈这间"法兰西"的格调。他们的谈论并没有因为程秀蕊的到来而打断，他们只是有个短暂的停歇，和她寒暄并告诉她李博的航班晚点了，大约八点才能到。但显然，他们没有因为航班的晚点而沮丧，毕竟李博是大家那么想见的人。所以他们又从法兰西说到这酒店的老板因为喜欢法国影星凯瑟琳·德纳芙，就在酒店的很多地方都摆了德纳芙的剧照。程秀蕊有一搭无一搭地听着他们的议论，一边给自己选了把据他们说是路易十六风格的软椅坐下来，接受了一名白制服上缝着金色肩章的服务员端来的普洱，就静静地自己待着了。

她喜欢这样，三十多年前就是这样。她从来不是事件和谈话的中心，她只是一个合格的倾听者。胡晓南他们也深知她的秉性，他们愿意和她交往，虽然就出生地而言，她生在黑石头村，而他们，是三十多年前从C市去黑石头村插队的人。她喝了一口被介绍为"1729普洱会所"出品的普洱茶，环顾着"法兰西"。这包房并不大，仿路易十六时期的家具精巧和不太过分的繁琐兼而有之，颜色以金红、金黄、乳白为主调，华贵中也还有明亮和舒适。除了壁炉之外，烛台和水晶吊灯等一应俱全，以郁金香图案的锦缎壁布装饰的墙壁上没有油画，正如胡晓南他们所言，凯瑟琳·德纳芙的各种照片占据了一整面墙壁。程秀蕊看过这位法国影星的一些电影，墙上的她高贵、优雅、神秘，她在墙上的凝固让这个房间变得更加具有现实感，或者也可以说更加戏剧化了。程秀蕊觉出今晚自己挑选的衣服和眼下的气氛相比，还是逊色了吧？她拿不准。她个子偏矮，穿了一条镶蕾丝花边的垂感不错的黑色长裙。她忽然觉得也许她不应该穿这么一条长长的黑裙子。她下意识地看看胡晓南他们，他们衣着都很随便。胡晓南经营珠宝，可他浑身上下没有一样珠宝，看上去他的夫人也和他一样——两口子就像和珠宝作对似的。王芳芳是一家国际品牌化妆品在这个省的总代理,可她自己却从来不用化妆品,也不向程秀蕊她们这些女士推荐。宋大刚供职于一家省级中医药学刊,刚从台湾参加一个两岸中药论坛回来,程秀蕊听见他正在讲台湾人把对某事或某人感到极端的恶心说成"恶到爆"。于是大家笑起来,一边齐声重复着"恶到爆",玩味着这三个字组合起来的响亮和彻底。程秀蕊喜欢和他们相聚,从当年在黑石头村时就喜欢。她觉得他们是不俗的文明的人,而她内心深处总觉得和他们是有差距的。比如眼下,他们坐在这间冒充的"法兰西"里,并不是真的推崇它。他们选择它,是想让从真的法兰西归来的李博知道,三十多年之后的C市也已经有了类似这种格调的酒店。他们衣着随便地坐在这儿,大大咧咧地高谈阔论,甚至已经是对它的某种讥讽。又比如眼下,虽然大家的衣服都随便,可到底,他们的随便显出了那么一种不一般。生性敏感的程秀蕊意识到这点,再次生出要和他们相像的愿望,这愿望是她在少女时期就强烈存在的。尽管她已经是快做奶奶的人了,这心中的愿望还是点点滴滴如隐身人一样地追随着她。

这时,只听宋大刚又从"恶到爆"讲起当年在黑石头村和李博走夜路拉粪的事，正是"恶到爆"让他想起那个倒霉的晚上。胡晓南立刻揭发说，是啊，几百斤的粪桶，你说不推就不推了，躺在地上破口大骂，人家李博劝了你一个多小时，人家比你还小两岁呢。宋大刚说敢情你没去推啊，那天晚上我实在是……实在是——恶到爆了！

程秀蕊知道那个晚上。

那年宋大刚和李博都是十几岁的孩子，李博十五岁，宋大刚十七。他们和胡晓南同在黑石头村的第八生产队，程秀蕊的爹就是八队的队长。村里为他们安排的房子在程家隔壁，一个只有两间干打垒小屋的院子。王芳芳分在六队，因为是女生，就选择住进一家农户。黑石头村是这一带平原的穷村，没有黑石头，有沙土地，产棉花。男劳力一天的工分是一毛二分钱。虽是穷，这三个城里来的学生却没有特别的沮丧，他们白天上工，晚上回来就着柴油灯读书写字。每当王芳芳过来串门的时候，他们还会一起唱歌，胡晓南有一只总是装在绿丝绒套子里的口琴。年龄最小的李博喜欢打乒乓球，每天不管多累他也要站在院里对着土墙打上一阵。常常在这时，隔壁的程家，程秀蕊的娘，一个头发蓬乱、颧骨红红的小个子妇女就会隔着墙头叹一声：唉，这些城里的学生啊，可怜不待见的！

　　黑石头村的农民一向把这些城里来的孩子称作学生，暗含着某种敬意甚至是歉意。程秀蕊早就发现了这点。那时她才是真正的学生，她在五里地之外的镇上读高中。但是村里没有人叫她学生，"学生"说到底是叫给城市来的孩子的。黑石头村的人自觉地用这个称谓把城里人和乡下人分开了，这样的分开，程秀蕊竟也认可。有时她会站在本来就不高的墙头看看邻家院子，她见过读了半夜书的他们，是怎样在早晨脸也不洗就抄起小锄或者铁锨奔出门去上工。他们的鼻孔被冒烟的柴油灯熏得乌黑，眼珠子却是通红，地狱里出来的小鬼似的。他们衣衫褴褛，但他们使她受到吸引。她要娘有闲时帮他们缝补磨破的衣服，当她被派去送还那些衣服时，就自然地和他们认识了。程秀蕊一直觉得，那是她生活中最愉快的日子。她从他们那里借来不便公开的书，车尔尼雪夫斯基的《怎么办》，屠格涅夫的《父与子》，托尔斯泰的《安娜·卡列尼娜》……她一边听着他们热烈的议论，一边怀着陌生的狂喜似懂非懂地"吞咽"着这些大书。年岁最小的李博，兴趣在另一类书上，他读《资本论》，并渴望读到《列宁全集》。为此他还托过程秀蕊，问她镇中学能不能借得到。程秀蕊对李博的阅读没有兴趣,她望着这个瘦弱而又羞涩的学生,不明白为什么他会把乒乓球和《资本论》看成生活中那么要紧的事。

有一天李博的乒乓球从墙那边飞过来落进程家院子,他紧跟着就跑过来四处找球。正在院里给一棵小石榴树浇水的程秀蕊见他急成那样,就帮着他一起找。他们发现乒乓球落进了猪圈,躺在泥沼一般的猪粪上,几乎要被圈里那只瘦弱的黑猪践踏。只见李博毫不犹豫地跳了进去,手疾眼快地抢出了他的乒乓球。后来程秀蕊知道了,虽然一个乒乓球不过几分钱,但李博身上常常是一分钱也没有。她手持一只海碗大的葫芦水瓢舀来清水,让李博脱下粘满猪粪的球鞋,她要给他刷鞋。当他蹲下脱鞋时她就站在他的背后,她一眼就看见他头顶上有三个圆圆的"旋儿"。她想起娘常说的"一旋儿横,俩旋儿拧,仨旋儿打架不要命"。她不相信李博是打架不要命的人,可她又暗想,这个蹲在地上的少年身上,分明有一股子谁都没有发现的力量——那时她脑子里还没有"爆发力"这个词。她舀来清水,替他冲洗干净被他紧紧攥住的乒乓球。望着他手中那个重新白净的小球,她说为什么你不和胡晓南、宋大刚一块儿打球呢？他说他们不喜欢打乒乓球，他越是喜欢，他们就越是不喜欢。他这番话把她逗笑了，就又问，那你一个人和这土墙没完没了地打球可为了个什么呢？他说也不为什么，可以练发球吧，比如旋转发球。而且，不间断地练习，也能培养自己的球感。程秀蕊不知道"球感"意味着什么，但她很为这个词兴奋。她记得当时还问过他，干了一天活儿还打球也不嫌累得慌？他说干活儿是干活儿，打球是打球，打球是体育运动。她说干活儿不就是锻炼吗，还用得着专门运动？他说"嗯"。她记住了他这声再简短不过的"嗯"。

有时候，程秀蕊也会想到李博的身世。村里人都听说了李博的身世，都知道他母亲是个国民党军官的姨太太。如今父母已经去世，李博被送往小姨家生活直到来黑石头村。小姨是县蓄电池厂的工人，姨父在工厂当门卫。但这并没有让人们由此就把李博看成工人阶级的后代，村人仍然会说，李博的娘啊，是个国民党的姨太太呢。话里或许有一点好奇，但更多的仿佛是惋惜。每逢想到这些，程秀蕊就会对这个小她几岁的孩子，莫名地生出一种怜恤之情。她和她的全家有时会邀请他们过来吃饭，玉米、红薯两样面混合的素馅蒸饺。馅儿是大白菜，把用棉籽油炒过的花椒碾碎，拌在白菜馅儿里，香味儿就出来了。那时王芳芳也被程秀蕊偷偷从邻队叫来，她的饭量一点也不比男生差。逢这时他们会敞开肚子，把自己吃得龇牙咧嘴，昏天黑地。

他们感激生产队长家这种阶级阵线不清楚的温和，虽然，待他们温和的生产队长在家是打老婆的。程秀蕊的爹对待老婆——那个颧骨红红的小个子妇人很粗暴，为她白拿了队里豆腐房的两块豆腐，为她替队里一个被人揭发摘棉花时往裤裆里私藏了两把棉花的妇女说情，为她眼红邻队社员能偷着进城卖花生和黄豆赚零花钱，为天大的事和屁大的事……他都要打她。他打她有两个动作，一是揪住她的头发，二是脱下自己的鞋。他边用鞋抽打她，嘴里发出狂暴的怒吼，边"噗噗"地呼着粗气。这是程秀蕊最为厌恶和恐惧的场景，她尤其受不了爹的脱鞋打人，她觉得这是乡下人最愚昧、最野蛮的动作之一。尽管她不知道城里人打架是怎样打法，但直觉让她认定，脱鞋打人，只有乡下人才这样。有一次爹扬着手中的鞋狂吼着追娘到院里，被刚好进院的李博他们看见。程秀蕊正要从院角儿的茅房出来，这情景叫她把眼一闭，恨不得一头撞墙。她猛地又蹲回茅坑，把自己给藏了起来。她蹲着，恼怒着爹的粗野，也恼怒着自己鞠在这个旮旯的委琐。

可是，爹和娘对城里来的学生们，那实在是好。学生们似又拿不出什么来感激队长一家。

一天李博从县城回来，兴奋地告诉胡晓南和宋大刚，他能从小姨她们厂拉来一车大粪送给程秀蕊家。乡村生活已经让李博他们懂得，人粪是粪中的上品，是农人最珍爱的细肥，所以它才会被称为"大"。给程秀蕊家送一车大粪，这是在厂里当门卫的姨父出的主意。原来厂里厕所是包给附近一个村子的，村人一星期来淘一次大粪。姨父说李博他们可以在村人之前先淘一次，其实也就是偷粪的意思了，因此要在晚上。粪桶和推粪的平板车由姨父疏通关系从厂里借出，但他们把大粪拉回村之后得赶紧连夜再将车和粪桶送还，毕竟，姨父是在冒险。黑石头村离县城约二十五里，连夜往返一次意味着要走五十多里路。即便对于成年人，这也是个难题。李博问胡晓南和宋大刚谁愿意和他一起去拉粪，胡晓南说队长派他夜里浇地，明摆着，只能是宋大刚和李博一道进城了。

程秀蕊并不知道他们的偷粪计划，当他们就要去实施偷粪计划的时候，她跑来告诉李博一个消息：她们学校新来了一个名叫吴端的男生。这吴端的父母原是市政府的高级干部，因为有问题才下放到镇上。吴端在学校显得很突出，他穿浅驼色斜纹卡其布制服短裤，把小方格衬衫扎在短裤里；他的白球鞋也总是那么雪白，在尘土飞扬的镇中学，这几乎是不可能做到的。程秀蕊为此感到惊奇。但这并不是她向李博报告的主要内容，她要说的是，这个名叫吴端的男生会打乒乓球，曾经被市少年体校选中，来到镇上，已经代表校队打过多次比赛，听说是打遍全县无敌手。所有这一切都足以引起一所乡镇中学的注目，而最让程秀蕊兴奋的，是他的球技。她想到了李博，想到他孤单一人和土墙的拼杀，不知为什么，她突发奇想地要促成一场比赛，一场吴端和李博之间的"男子乒乓球单打"。她自然还有一种让李博打败吴端的愿望，如果用敌方和我方来划分，显然她觉得她和李博都属于"我方"。她撺掇李博说，约他来打一场怎么样？她一边撺掇，一边紧紧盯住李博的脸，眼巴巴的。她这样撺掇时李博和宋大刚正要去往县城拉粪，但李博向程秀蕊隐瞒了晚上的偷粪工程。他非常注意地听着程秀蕊带来的消息，然后用一声"嗯"表示他同意约吴端。这同意虽只短到了一个字，程秀蕊却听出了其中的热望，便立刻追问明天行不行。原来她早就向吴端介绍过李博了,她盘算着明天是星期五,下午又没课,吴端要是能来黑石头村拜访李博,在小学校院子里那张红砖垒就的球台上比赛就最合适。她在村里念小学时就有那张破球台,只是她从来没见过有人用它打球,倒是有男生站在上面摔跤。李博为了这个"明天"稍微迟疑了一下,结果还是答应了一声"嗯"。

那个下午,李博和宋大刚步行进城,在小姨家吃过晚饭就推上姨父预先准备好的粪桶和平板车,到厂里的几间厕所去淘粪。据宋大刚讲述,那个巨大的木制粪桶一个人都搂不住,他和李博轮流用粪勺舀个没完,怎么也是不见满。折腾了一两个钟头,大粪总算把粪桶填满时,他们估算了一下,足有二百斤吧。他们推着硕大的粪桶上路,天已黑透,路又不平,桶里的屎尿被颠簸着不断溅出来,臭气冲天。这打乱了他们原来的计划:他们不能走土路,得绕着县城平坦的柏油路回村,这要比土路多走出五六里地,却能保住大粪的平妥。一路上,他们轮换着推车。两人淘了一阵厕所已经很累,现在又要绕道回村,宋大刚就有点火不打一处来,一路走一路嘟嘟囔囔,抱怨着天黑、路远、粪臭;抱怨着这卖苦力的日子没有尽头。说到激愤处,他干脆双手一松将车把往地上一撂,躺在地上哭闹起来,仿佛一辈子的委屈都被这一车大粪勾引了出来,他非得对着这臭烘烘的黑夜撒一回泼不可。他口中喷射出一股又一股对所有人,甚至对某些大人物的诅咒。虽是无人的旷野,李博还是扑上去拿手捂住了他的嘴,他就冲李博的手上吐唾沫。几十年之后的宋大刚,最怕黑石头村的人讲这段,每逢讲到这里他就高喊着"打住打住"。然后大家就说,这可都是你一字一句告诉我们的呀,人家李博可什么都没提过!是呀是呀,宋大刚说,可谁会想到叫你们当成了我这辈子的一个保留节目呢。那个晚上,李博蹲在他身边又劝又哄,用细瘦的胳膊拼着全身的力气抱宋大刚起来,让宋大刚空手跟着走,然后他单独一人把粪推回了黑石头村。接着,他们又连夜返回县城送还粪桶和平板车。当他们再一次从县城回到村里时,太阳已经很高。

程秀蕊站在家门口,在光天化日之下闻着墙根那堆新粪呛人的气味,看着由远而近的李博和宋大刚。她已经从浇了一夜地回来的胡晓南那儿知道了这一夜的"粪"事,她粗算了一下,这一夜多,他们不停地走了七十多里地吧。她看着这两个人,他们脚步趔趄,灰头土脸,形容憔悴,神情却亢奋,仿佛刚刚合伙殴打了别人,或是刚被别人痛打。宋大刚只对程秀蕊说了一句话:粪来了,我可得去睡了。

程秀蕊对李博说,那你呢?她想到定在当天下午的比赛,很是不忍心。她告诉李博,吴端已经答应了今天下午。她又说要不咱们改一天吧。李博告诉她,不用改了,下午行。

在那个五月的下午,在经历了一整夜的长途跋涉之后,李博在黑石头村小学的破院子里和镇中学的乒乓球高手吴端如约会面。据说吴端还是身穿西式短裤小方格衬衫,白球鞋还是一尘不染。他的球拍是名牌红双喜的,他站在黑石头村小学的院子里,一定像是来自另一个世界。李博的球拍是低一级"流星"的,边缘的破损处粘着星星点点的橡皮膏。他的衣裳,严格地说,他的衣裳肯定还溅着一些大粪的斑点。但这并不妨碍他和吴端在开赛前和比赛后还互相握手——据说。所以用了一些"据说",是因为这场比赛的策划人程秀蕊没能来看比赛。那天她的娘,那个总是感叹李博他们"可怜不待见"的小个子妇人,在被丈夫又一次殴打时突发阑尾炎,程秀蕊和爹一块儿送她去了镇医院。虽然娘在镇医院当时就做了手术,但程秀蕊回到村里已经是第二天,赛事早已结束。很长时间里,这成为程秀蕊一个特别重要的遗憾。

守候了娘一夜的程秀蕊满心惦记的都是李博的输赢。她一回村就迫不及待地向胡晓南和宋大刚打听昨天的比赛。谁赢了？她问他们。他们不知道，因为他们没有去观战。程秀蕊想起来了，他们不喜欢乒乓球。她又去向村里的大人和孩子打听。谁赢了？她问他们。一些人去小学校看了比赛，但村人并不了解乒乓球，他们甚至看不懂输和赢，因此他们无法让程秀蕊满意。他们的注意力在另外的地方，比如两个少年人的握手，就让他们称奇并且开怀大笑。村人之间是不握手的，他们怎么也不明白为什么赛个球还非得握握手不可。两个半大的孩子家。

谁赢了？程秀蕊又急切地想要去问李博。她听说李博正在地里浇麦子，就直奔八队的麦地。远远地她就看见他正弯着腰改畦口。他的细瘦而有力的胳膊挥动着粗柄铁锹，显得那铁锹挺笨大。哎——，李——博！她铆足了劲儿冲他喊：

谁——赢——啦？

谁——赢——啦？

麦子正在灌浆，程秀蕊的喊声在饱满而又广阔的麦田里顽强地、不间断地泛着回音。她拖着长声叫喊着，叫喊着就冲到了他跟前。当李博直起腰就站在程秀蕊对面时，她却又谨慎地盯住他的脸,像怕吓着他似的把叫喊变成了小声,她小声问道:谁赢啦?

他当然知道她问的是什么,却不作答。他冲她无声地笑笑,她说不清那笑是腼腆还是自豪,是喜悦还是遗憾……接着,他把头微微一偏,望着远方低声感叹道:"那个吴端,嗯,真棒。"他的神情真挚而又惆怅,或者还有一种清淡的思念。

李博从来没有告诉过程秀蕊那天的赢家是谁,程秀蕊却永远记住了五月的麦子地里李博的那个瞬间。阳光之下有一个词在她心里突然就涌现了:风度。是了,那就是风度,那就是她在从他们那儿借来的书中见到过却从来没有感受过的词:风度。在这样的风度面前,一时间问和答似都已经显得多余。那时她站在五月的麦子地里,仿佛被定住似的不能动弹,世界也在那一瞬间变得安详静谧,洁白纯真。

她不记得自己怎样离开的麦地,只记得怀揣着李博的那声感叹,到底还是有那么一点不甘心。回到学校她还是忍不住向"真棒"的吴端问了那天的输赢。吴端一脸敬意的坦率回答印证了程秀蕊的猜想,吴端的回答也让她生出一种冲动,那是想要赞美他们的冲动,在她心中,从此就有了两个真正不凡的少年。

三十多年已经过去，黑石头村的几个年轻人早就各奔东西，程秀蕊也从乡村出来，成了C市的市民。她在城市生活里始终也没再见过那样的风度，而她一生的追寻，一生想要理解和靠近的，又似乎总和出现过那个风度的瞬间有关，直至中年已过，直至老年即近。

……

她喝了一口已经凉了的普洱，听见胡晓南正在讲李博，讲他的科研，他的资产，他的公司同国内合作的项目，讲李博当年逼迫他和宋大刚参加高考而他却没听他的话，讲如今发展最好的还是李博啊……他还调侃道，李博那么聪明说不定都是当年练乒乓球练的，反应就是比一般人快呀！宋大刚和王芳芳不时呼应着胡晓南，话里话外也不断满意着自己的现状。是啊，程秀蕊觉得胡晓南他们对自己无疑也是满意的，他们是生活的赢家。如若不然，他们为什么一定要把欢迎李博的地方选在"法兰西"呢？他们刻意占据了这地方，又表现着比它高出不少，不也是，不也是时刻在意着某种输赢吗？这样想着，程秀蕊就逐渐清晰地意识到，原来"法兰西"、珠宝、化妆品、"1729普洱"、真假壁炉、"恶到爆"……在她这样一个退休职工的心里都是可以忽略不计的,她赶来参加今天的聚会,其实也和生活的输赢没有关系。是啊,没有关系。她就一反从走进"法兰西"就开始的那么一点拿不准自己的小心思,她从那忽隐忽现的小心思里解脱了出来,她自在了许多,身上的黑裙子是长是短便更是无所谓了。

胡晓南接了一个电话,顿时"法兰西"里漾起一阵略微压抑着的小喧哗,是李博到了——已经在电梯上。大家都站起来走向门口,程秀蕊也站了起来。她没有跟随众人往门口走,她不能把握自己会不会一下子认出那个三十多年没见过面的李博。她本能地向后退了一小步,珍藏在心中三十多年的那个风度的瞬间突然就模糊了起来。

这时,门开了。

2009 年 2 月

内科诊室

慢着,请你再说一遍。卫生间的门按"非标"定做还得加一百五十块钱?那为什么非得按非标做不可呢?你让施工队把门框留成标准的不就行了吗?毛坯房本来就是可以局部修改的啊,那个门又不涉及承重墙。不行,我不同意再加钱了。你让我现在去现场见个面?我现在去不了,我得去医院。唔……那就下班后……施工队长也留下等我?六点钟?差不多吧。唔,行,行吧。

她挂断电话,把手机放进手包,轻轻叹了口气,轻到了不被觉察。这是一个清静的下午,她站在一间同样清静的点心店里,打算给自己选一块蛋糕,"黑森林"或者"抹茶",不然就是"Hello Kitty"——一种淡香奶酪小圆蛋糕。可是刚才这个电话让她的心不得清静了:一旦你请了装修公司装修房子,就如同上了贼船,每隔几天准会发生像电话里那位设计师讲的，一件又一件加钱的事。本来她可以立即赶到她那正在装修的新房和设计师见个面，但是手边有一份中午刚拿到的年度体检报告，她计划着离开点心店之后就到医院去一趟。

倒也不是非得今天去医院不可。以她的年龄，对照她的查体报告，她应该算一个健康的女人，她生于一九六三年，今年四十六岁，身高一米六八，体重五十六公斤。她很重视每年的体检，每长一岁，这重视就强烈一层。她同时又爱看各种健康小报，容易受报上一些论点的暗示或者明说。比方去年，她看到某报载女人"入围"更年期的年龄是四十岁，心里竟咯噔一下，接着便格外注意更年期啊绝经期啊这类的文章，去年她四十五岁。照那些文章的说法，她应该特别关爱自己了。她赶紧观察自己的心理啊生理啊等等的感觉，也还没有什么特别的感觉，有几个月例假不准，说不定是去西藏的高原反应，夏天她去了西藏。她一边抵抗着那些文章有点骇人的说法，心里却不免生出几分恓惶。去年体检她的血压不稳定，胆固醇也偏高，难道这已经是更年期的预兆了吗？她遵医嘱戒了奶油、黄油、甜点、冰激凌之类，排骨汤也少喝以至不喝，这几样本来都是她的最爱。

结果,今年她的体检报告就比去年叫人满意得多了。在"胆固醇"一栏里,无论是高密度的还是低密度的,她都在正常参考值的范围内。她接着往下看,这体检报告的"主要诊断"一栏却用加粗黑体字写着:您有高胆固醇血症。建议您低胆固醇饮食,增加运动,服用他汀类药物,内科门诊随诊……这是什么意思?她看不懂。诊断和化验结果如此相悖,她该相信谁呢?她本能地觉得生化报告错不了,肯定是最后的诊断错了,吓人唬啦的。所以她有必要去医院讨个明白。去医院的路上,路过点心店时她没有像往常一样躲避,她走进去,站在半弧形的钢化玻璃柜台跟前,看着里边久违了的裱花鲜奶油蛋糕,欲望的唾液从舌根两侧冒出来直涌向舌尖。她一定要为自己选一块蛋糕来犒劳这好几百天的辛苦,又好像要用吃蛋糕来证明今年医院的这个诊断一定是错误的,她的胆固醇生化报告本身才是正确的。为了这个她想要的结果的已经到来,她对奶油蛋糕可以放肆一下。这时那个设计师的电话来了。

她接完电话,一边轻叹着气,一边又不想买蛋糕了。她想起刚才接电话时对设计师连说了几个"慢着",禁不住暗自发笑,好像她多么喜欢这个词,好像这词一经她说对方立刻就"慢着"了。其实人若遇见自己想要的,谁愿意"慢着"呀。柜台后面的营业员见她这么慢吞吞的,提示似的说,您刚才是要买抹茶的吧?营业员是个二十来岁的女孩子,因为店面清静,她的姿势便也带出了闲散和随便,她干脆就在柜台后面坐下,把胳膊肘往柜台上一支,双手合拢十指交叉抵住下巴颏,似要特意展示她的指甲——她的指甲油是紫黑色,这使她的手显得雪白但却凶狠。置身于这样的双手附近,似总有被抓或被掐的可能。

她从营业员这双手上错开眼光,什么也没买就离开了点心店,按计划来到医院。"计划"是她喜欢的词,虽然现在已经是下午四点多钟,她还是为自己能够按计划行事感到满意——说来医院就得来医院。她到挂号处挂了内科的专家号,穿过大厅,直奔一楼的内科诊室。这是某大部所属的一家三级乙等医院,就医环境逐年在改善。走廊里的候诊椅从以前的木条长凳换成了连排式软靠椅,颜色也清淡可人。但是今天她不必在这样的软椅上久等,今天下午内科的病人不多,她几乎一进内科走廊就在护士的引导下来到"内三"——内科第三诊室。一位中年女医生坐在一只小巧的黑色皮转椅上,正伏身白色两屉桌前写着什么。见她进来,女医生立刻停止书写，扭过转椅脸朝她说，请坐吧。

白桌子旁边有一把白漆木椅，她坐上白椅子，向医生递过自己的体检报告，同时不忘掏出手机把铃声调至"振动"。从小她就对医院有某种难以言说的敬畏感，有过两次发高烧的经历，一进医院，医生的手在她脑门上一摸，她的温度似乎就降了下来。医生的手大都相似：干燥、微凉、麻利，如同这位女医生的音调，还带着职业性的有距离的客气。但毕竟是客气，比职业性淡漠让患者心定。她从女医生身上看出了客气，所以才客气地把手机"消"了音，这是对医生的尊重。她觉得女医生也领会了她这尊重，女医生有一瞬间把眼光落在了她的手机上，她也就用一瞬间观察了一下对面的女医生。她首先闻到从她白大褂上发出的碘汀和肥皂的混合气味，理性、洁净、可靠，叫你一闻见就想倾诉病情。女医生没戴帽子，一头染黑的略显粗硬的直短发，头顶和鬓角露出新生的灰白。她没有化妆，上唇的那层汗毛有点重，这使她看上去很严肃。从白大褂西式翻领里露出一件墨绿色中式罩衣，领子上那枚横"8"字形中式扣襻，俗称"疙瘩襻"的，又让她显出老派。她有五十多岁吧？

您哪儿不舒服？女医生问她。同时观察着她的脸。

她于是开始"主诉"。她指着体检报告说她没有不舒服，只是想请医生解释一下这个报告。为什么她的胆固醇生化检验数据还有其他一些数据都和正常参考值相符，而"主要诊断"却说她是"高胆固醇血症"呢？为此她把去年的体检报告找出来和今年的做了对比，去年的胆固醇的确不正常，特别是低密度脂蛋白胆固醇超出正常值，还有血压什么的，所以她才竭力配合医生调整啊锻炼啊，控制饮食啊。为了更专业，她摒弃了电子血压计包括最新腕式的，她买了医用台式血压计和听诊器，学会了自己给自己量血压，以便于随时观察。她觉得一切都是有效果的，该降的都降了，那么为什么还会出现这样的诊断呢？请问这结论的依据来自于哪儿？她说着又从放在膝上的包里拿出去年的报告，摆在医生眼前。她在一家私立中学教语文，长期的教学训练使她口齿清楚，逻辑有序不乱。

女医生一边听她"主诉"，一边仔细研究着两份体检报告。片刻，她抬起头显得果断地对她的患者说，从您的各项检查结果看，的确不应该得出这个诊断，也许……也许是我们哪个环节有疏忽。您的各项检查结果真是挺叫人满意的——对了，您的名字，费丽，还让我想起费雯丽。

她——费丽，在这时立刻就轻松了许多，也可以说，她变得愉快了。这愉快来自女医生对她查体诊断的初步更正，还来自于本来是公对公的医患关系稍微呈现出那么点私人色彩：医生主动提到患者的名字带给她的联想。如果患者想要和医生套近乎——这是一多半患者的心态，这个时刻正是最恰当的时机。虽然费丽在这个下午并没有要刻意讨好医生，可她毕竟愉快了。她愉快地迎着女医生的话说，从前我就叫费雯丽，后来自己做主去掉了"雯"字，一个普通人干吗要叫电影明星的名字呢。这时她还想起在点心店里接的那个电话，便估算了一下从医院到她那正在装修的新房的路程。现在离开医院去施工现场，时间正好来得及。虽然那是五环以外，但路上花一个小时，六点也应该到了。

费丽站起来向女医生道谢，并询问了体检报告如何更正。女医生讲了更正的程序，却没有请费丽离开的意思，相反她再次打开体检报告，又把诸如血糖、血钙、血清铁和甘油三酯什么的详细给费丽解释了一遍。然后她指着总胆固醇之下的两项说，关于胆固醇，我还要特别告诉你。当她说到"特别告诉你"时声音突然有点紧张，似要宣布什么意外。费丽也跟着紧张起来，难道医生又从查体报告中发现了什么别的？她又坐下，直视着女医生的脸。女医生的表情和她刚进门时差不多，客气，严肃。费丽想起来了，就在刚才，女医生说到费雯丽的时候，表情也是拘谨的，仿佛她在和人沟通时总会有某种程度的难为情，无论她要沟通的是好消息还是坏消息。女医生"特别告诉"费丽说，现在如大家已经知道的，胆固醇不是一无是处，人体内是非常需要好胆固醇的，就是高密度脂蛋白胆固醇。去年你的总胆固醇偏高，可是你的高密度脂蛋白也高啊。今年呢，低密度脂蛋白也就是坏胆固醇降下来了，可是高密度脂蛋白也有所下降。她说这是很可惜的,为什么有人看起来会比他（她）的同龄人年轻许多？我说的年轻是指各方面的，生理的心理的，皮肤的弹性啊头发的光泽啊眼睛的明亮度啊……你知道就是高密度脂蛋白在起作用啊。至于后天的保养啊营养啊不产生根本性的意义。重要的还在于，不是每个人都会有这样理想的高密度胆固醇，更不是谁想高就能高上去。因为——女医生顿了一下接着说，这是遗传所致而且多半来自母系。你就比你本来的年龄年轻得多，你的查体报告上的年龄和坐在我眼前的你比起来，很让我吃惊。你想想你的母亲是不是也比她的同龄人年轻很多？唔？

费丽跟着女医生的问话点点头,她想她那八十岁的母亲的确看上去十分年轻,满口真牙,最爱吃花生米,每天都和她父亲到小区的老年活动室打一个小时乒乓球。女医生见费丽点头,进一步劝诫似的说,所以,有多少人羡慕你还羡慕不过来呢。不要一味地克制自己,黄油可以少吃一点,奶酪完全可以吃,依我看其他也没有什么不可以的,不要太辛苦明白吗不要让自己太辛苦!你看这里——女医生指着查体报告的"体重"一栏接着说,你的体重和身高相比,你没有达标,偏瘦了。噢,对了,请躺到诊床上去,脱鞋,平躺,我还需要做腹部常规检查。

费丽听话地躺到诊床上,有那么一小会儿她轻松、她得意。她对这位正走到门后的一只白色陶瓷盥洗盆前洗手的女医生充满感激。她真是没想到自己能够得到医生如此的——如此的肯定,这其实是一个中年女人最想听到的赞美。她躺着,听话地配合着女医生的双手在她腹部的一些叩敲和一些揉压,配合着呼气或者吸气。然后她听到一声"起来吧"。她从诊床上起来,整理好自己,又坐回到那只白漆木椅上,等待女医生再次到盥洗盆前洗手。

片刻,洗过手的女医生回到桌前,坐在那只小巧的黑皮转椅上,皱着眉对费丽说,很好,一切都很好,你。

费丽听见了这些话,在心里慢慢适应着这位女医生。回忆刚才,女医生向费丽报告那些好消息的时候其实一直是皱着眉的,就像有几分痛苦,有几分沮丧。可从她那上唇汗毛偏重的嘴里说出来的,实在又都是你爱听的话。费丽心里笑着,想起她在哪张小报上见过一篇谈风俗的文章,说有个民族(她记不清是哪个民族了)同意你意见时摇头,不同意时反而点头。她一边想着那篇点头不算摇头算的文章,一边站起来,她要告辞了。但是女医生再次留住了她。她开始给她量血压,她要留下血压记录。费丽的收缩压和舒张压都正常,这时她真是急着要走了。她掏出手机把铃声从"振动"调到"大声","大声"二字让她觉得仿佛电话里已经有人在大声催她了。她顺便看了看手机上的时间,已经五点三十分了。她和设计师约的是六点。

她却还是没能离开内科诊室。女医生要她坐下,紧盯住她的脸,仿佛她的脸上正落着一只苍蝇。然后她说,刚才我好像听见你说你会给自己量血压是吗?是这样,你能不能……能不能帮我量一下?我的血压偏低,一直就偏低,而且压差过于近。也是遗传吧,我母亲……你看我把话扯远了。

我们还说血压，如果你会，就请你给我量一量。女医生边说边把左臂的袖子卷至肘弯以上。

费丽感到意外，作为患者，她从来没有给医生量血压的打算，即使她的确学会了量血压。何况她约了人得赶去见面。她下意识地看了一眼诊室的门，窃盼这时有个病人进来看病，她就可以借机脱身。可是刚才还开着的门不知什么时候给关上了。这使她心里略微有点起疑：难道是女医生自己关的门吗？她想干什么呢？这个瞬间还让费丽想起这家医院住院部对面的那间鲜花水果店，那是一间方便探视病人的小店，小店的玻璃窗上并排写着一溜红色大字：鲜花、水果、砒霜。她第一次看见这六个字时曾经吓了一跳：鲜花水果竟然能和砒霜一起卖。当然她很快就发现是她认错了字，不是砒霜，而是硅霜——听说是医院自产的一种药用护肤霜。可她每次走过这小店时，还是恶狠狠地错读着"鲜花、水果、砒霜"。为什么她会在内科诊室的门被关起来的瞬间想起鲜花、水果、砒霜呢？

女医生似觉察到她对门的这一瞥，及时地告诉她让她放心，说估计不会有病人来了，说完把桌上的血压计推给费丽，并摘下脖子上的听诊器放在桌上。这些动作加重着她的请求,或者已经把请求变成无声的命令。费丽不再有退路,她偏过头往桌上看去,她得熟悉一下真正的医生的听诊器和血压计。她发现就在离听诊器不远的地方摆着一个手机,粉色金属壳的,配着粉色的手机链,链子的端头拴着一只同样粉色的衬衫扣子大的"Kitty"猫——"凯蒂"猫。费丽想,这是女医生的手机吗?可这款手机看上去像是投错了主人,它摆在这里,更像是被严厉的老师没收的一个女中学生的物品。费丽的女儿小时候有一阵子最爱"凯蒂猫",凯蒂猫书包,凯蒂猫水杯,凯蒂猫袜子……著名的凯蒂猫歪别在头发上的蝴蝶结发卡让这猫看上去幼稚而又容易结交。费丽还在这时想到刚才点心店里的那块"Hello Kitty"小圆蛋糕,奶黄色蛋糕的正中印着一只巧克力色的凯蒂猫,这同属于小女孩子们心仪的系列。这时女医生就像要证明这手机绝不是什么女中学生的这手机就是她的,她拿过手机调了一下铃声,对费丽说,我把它调到"振动",我们就不受干扰了。

女医生的细心更加重了费丽的疑心,特别是那个粉色的小女孩气十足的凯蒂猫手机,使费丽有种人和物之间的错位感。不过,也正是这种错位感又让她生出些恻隐之情,这手机使看上去五十多岁的女医生忽然显得脆弱，费丽还想到一个词：无辜。也许这个词是不准确的，她一边想着，一边还是动作了起来。她拿起听诊器，她的手机就在这当儿及时地大声响了，帮她解围一般。她本能地看看女医生，女医生却听而不闻地仍然向她伸着胳膊。这姿态还捎带出了一种强硬，好像费丽是否该接电话得需要她的首肯。而费丽竟然真就有点不好意思去接电话了，特别当她听着那铃声大到好似撒泼一样，就更显出一点亏心：她本可以将铃声设置在"通用"一档的。尽管她猜电话一定是设计师打来的，她最终还是没有接。当铃声停止，她手持听诊器动作了起来，笨手笨脚地为女医生量了血压，结果还是偏低。她抱歉地冲女医生笑笑，向她宣布了结果，就再也不知该说些什么好。虽然她现在做的本是医生该做的事，但显然她没有进入从患者到医生这个角色的瞬间转换。她面对的还是医生，医生用得着她说什么呢，医生应该知道怎样面对自己的低血压。

女医生整理好自己的衣袖，对费丽说谢谢，说我就知道你会帮我量的，我看了你的查体报告听了你的主诉就有这个直觉，我有这个直觉。听上去就仿佛费丽是被她特意选中的——那句话是怎么说的，上帝的选民。此刻费丽就是女医生遴选出的一个……一个理想的听者吧。只听女医生又说，你到医院看病有过那样的经历吗？被迫大声喊出自己的病，被迫大声地喊。在我们医院，尤其急诊挂号处，各种各样的喊声太多了。我记得有个星期天晚上是我值班，路过急诊挂号处，那儿围着好几十个看急诊的病人……费丽想起了急诊挂号处，这个医院的急诊挂号处实际上就是一楼门厅摆上两张对成直角的桌子，护士站在桌后，痛苦万状的病人拥挤在桌前。费丽记得有一年母亲家里的保姆小绪来例假，肚子疼得直在床上打滚。她带小绪来医院看妇科，那是个星期天，只能挂急诊。她领着直不起腰的小绪挤到挂号桌前，大声回答着护士大声的问话。她们必须大声，因为大厅里的人都在气急败坏地痛苦地大声：姓名、性别、年龄、住址……怎么不舒服啦？前边的话费丽替小绪喊了，怎么不舒服应该小绪自己说。那年小绪刚从西北老家来北京，十八岁不到，颧骨上的两团"高原红"还没有褪去，一见生人就抬不起头来，可是现在她必须在众目睽睽之下大声告诉护士她正在来例假，她肚子疼得受不了了。护士紧接着又问小绪有过性生活吗？问这话时那护士是那么大声，那么无所谓，就像问体温多少、咳嗽几天啦一样的无所谓。

费丽却觉得那声音格外尖厉、刺耳。为什么一定要当众大声询问一个十几岁的女孩子这样的话，而且要这女孩子当众大声回答？一时间不仅小绪回答不出，费丽也几乎没有反应过来。护士又不耐烦地对小绪说，问你哪，怎么回事啊你，没看见后边排着那么多人呢吗。你说清楚了我好帮你选择挂哪个科的急诊，是妇科急诊还是外科急诊。你有过性生活没有？嗯？小绪眼里转着泪花蹲到地上，急待挂号的各样患者也暂时从病痛中脱离出来那么一小会儿，他们不约而同地注意着蹲在地上的小绪，似竭力要从她身上找出一点和性生活有关的蛛丝马迹。费丽记得她大声指责了护士，两个人吵起来，直到被人劝开。

现在，刚被她量完血压的女医生提到医院急诊挂号处，勾起了费丽的记忆。关于看病她有过太多的不愉快，自从她成人之后，对医院的敬畏之情便荡然无存。也许这就是她被女医生的话题吸引的心理基础。她忍不住把这个记忆讲给女医生，女医生说，那天她正好路过，她听见了那里的争吵，她相信她听见的争吵就是费丽刚才告诉她的那次。本来她早就对医院里的各种问答麻木了，她对费丽说，你知道从来都是医生少病人多，想不了那么周到那么细。

说话就……应该说是肆无忌惮吧。对,肆无忌惮。可是那天晚上我感觉到一种残忍,一个女孩子疼得蹲在地上,被护士当众大声追问着……

我同意您用的这个词:残忍。费丽说。之后两个人沉默了一下,很短的一下,这正是费丽告辞的又一个机会。虽然对急诊挂号处共同的不愉快的记忆增加着她对女医生的好感,但这并不构成她在这里延误时间的理由。她还是依照自己的需要想叫手机"大声"就"大声",她还是急着拔脚就走。女医生却像绝不给她这个机会似的突然又抢着说起话来,这次她的声音变得很大,就像要用大声严密地遮蔽费丽那企图告辞的妄想——想必她早已明察费丽企图告辞。她大声说道,你不觉得我们,我指我们的国民其实很缺乏对海岛知识的普及吗?比方我吧,我只知道中国版图有九百六十万平方公里的路域国土面积,可我不知道中国是世界上海岛最多的国家之一,有近三百万平方公里的海洋国土。最近我在想,这些常识中学地理课上就该讲过的,为什么我的概念竟是那样模糊呢?有一本书,有关生物还原论的局限性的,其实我基本读不太懂,但是我喜欢知道深奥理论的通俗表达。比方关于哲学上的还原论,笛卡尔是这样认为的：如果一件事物过于复杂，以至于一下子难以解决，那就把它分解成一些足够小的问题，分别加以分析，然后再把它们组合在一起，就能获得对复杂事物完整、准确的认识。听说西方现代科学就是沿着这条路走过来的。但是科学发展到今天，还原论的局限越来越明显了。很多生物医学家已经意识到，还原论生物学研究除了最简单的问题以外，什么问题都解决不了。而在生物学中几乎就没有简单问题。只有从整体上对生命复杂系统的审视，才能使人们完全了解这个系统……女医生一刻不停地说下去，如同正受着眼前这个理想的听者不断的鼓励。而这时，听者费丽听得并不忠诚。她望着对面这位疲惫而又亢奋的女医生，完全不明白她嘴里吐出的那些词都代表了什么意思，虽然从某种意义上说，她和女医生都算是生物之一种，并且她还是一名中学教师。她地理学得不好，她也不明白什么氢键的构成和断裂、受体、信号转导分子、测序、碱基、小鼠T细胞……后来她又听见女医生说到生命的起源、个体的发育还有意识的产生等等生命现象的很多基本问题，据说当今科学家对这些仍然所知甚少，那么费丽完全不懂也在情理之中吧。然后又一个话题开始了，女医生讲到人死后灵魂的去向问题。不管你有什么样的文化背景，很多人都相信灵魂是以这种或那种形式存在，即使死后。这种非理性的信仰来自我们祖先固执的错觉，我们继承了这个错觉。有本书描写死亡来临时的虚无感,说是死亡是一个黑洞、一个深渊。书上又批判说这是个谬误，原因就在于这虚无太过具体。我也想啊，既然死亡是一个黑洞那它和虚无又有什么关系呢？当你觉得死亡是一个黑洞时你就还没死啊，其实你永远也不会知道你已经死去。这你应该相信吧，你永远也不会知道你已经死去！

费丽觉得自己在点头，她听懂了女医生的这一小部分话，与其说她用点头来表示同意女医生的"你永远也不会知道你已经死去"，不如说此刻她更想用点头来证明她还活得挺好。她活着，坐在这里听一个陌生人滔滔不绝地讲着莫名其妙的话，时间分分秒秒地过去了，她的手机已经又响了好几次，她没去接听，偷空看了短信,的确是设计师的，已经六点半了，他不等了，已经走了，还有两家客户在焦急地等他。她活着，为了活得不赖，她和同是中学老师的丈夫业余都兼做家教，几年下来他们买了一套小三居，她计划着搬进新房就把现在住的两居室租出去，再用房租还按揭款。她多么喜欢

"计划"这个词,可是在这个下午,她的一系列计划却无法连贯地实施。不知何时只听女医生的言说里突然又出现了"费丽"这个词,费丽这才强使自己把精神集中起来。女医生对费丽连着说了好几个谢谢,她还说对不起,让你花了这么多时间……总之还是那句话,不要在吃东西上有那么多忌讳不要让自己太辛苦。你知道高密度脂蛋白失掉后是很难补充的你知道吗它的宝贵……

这时候费丽看见女医生又开始皱眉了,她的感情不明的眼睛变得有些潮湿。她该不会是身体不舒服吧?她说了那么多话,说话是很伤神的。费丽试着伸手扶了一下女医生的肩膀,她感觉白大褂下边的那个肩膀有轻微的颤抖。费丽起身到盥洗盆旁边的饮水桶前接了一杯水端给女医生说,您喝点水吧,您……也许您放松一点会舒服些的,要不然您闭一会儿眼?她真的有些担心眼前的医生,她从来没有在医院看见过医生不舒服,虽然——不,当然医生也有不舒服的权利。费丽还想到现在医院已经下班,假如这女医生真的不舒服她到哪儿去喊另一个医生来呢?她还是应该到那个急诊挂号处给医生挂个急诊?这样想着的时候女医生已经喝下了那杯水,她不再皱眉了,眼睛也不再潮湿,她又恢复了费丽刚进门时的状态：冷静，客气。她再次向费丽道歉，她说请快点走吧，不用担心，我很好。没想到没想到……占了你这么多时间，你一定有很多事呢。

费丽从医院回到家里七点半已过，丈夫先她吃了晚饭去一个高考生家里了。她打开电视，中央一台正在播天气预报。她听着天气预报吃着饭，手机又响了，还是设计师。他说因为明天他要去外地看一个新项目，问费丽能不能今晚去一趟工地，时间晚点也没关系，他宁愿辛苦点也要把事情定下来。费丽听着电话，一边在房间里走来走去。设计师的建议有可取之处，"非标门"的事落实不了，施工就要停。正在装修新房的业主，谁愿意让施工停滞呢。正在犹豫间，她看见了餐桌上有一个印着凯蒂猫的桦木餐巾纸架，女儿上大学那年买给家里的。餐巾纸架上的凯蒂猫让费丽立刻又想起了内科门诊的女医生。当她这样想起，才意识到其实她一直就没有忘记。她心里忽然一阵子没来由的酸楚——那应该是酸楚。仿佛就是因为这一阵子酸楚，她大声拒绝了电话里设计师的建议。电话那边传来设计师的不满，可能他在抱怨她不断失约还不讲理地大声。她承认她有些急躁她大声了，可她还是挂断了电话。今天晚上她就是哪儿也不想去，她控制不住地想着女医生和她的粉色手机，她的横"8"字中式扣襻，她的寂寥她的严肃和拘谨，她的感情不明的突然潮湿的眼，还有她那一股脑儿的磕磕绊绊、让人困惑的话……在她的生活中肯定发生了一些事情，发生了什么？费丽莫名地惦记起来。在她拥挤的各项计划里，她愿意计划一个完整的晚上，她应该舍得出一个完整的晚上，为了一个不相干的人，坐下来，想点什么。她在餐桌前坐了下来，印着凯蒂猫的餐巾纸架就在跟前。她伸手摸了摸那块木头，就像在试着触摸她一时还够不着的什么东西。

啊，鲜花，水果，砒霜——不，鲜花，水果，硅霜。

2009年5月29日

1956年的债务

父亲临终的时候，托付给万宝山一件事：1956年，父亲很肯定地回忆说，就是万宝山出生那年，他向老同事李玉泽借过钱。父亲说，好像就是你妈去医院生你，家里钱没凑够，我就找当时住对门的李玉泽借了五块钱。后来，也忘了为什么……为什么就是没有把钱还给人家。今年是2009年吧，五十三年了。六娃，无论如何，你要亲手替我把钱还上。

万宝山在兄弟姐妹中排行老六，人称六娃。六娃——万宝山，这个五十三岁的男人站在病床前，看着蜷缩在床上说话再无底气的父亲，不停地点着头。父亲见他点了头，吃力地撑起身子，从枕头底下抽出一个皱皱巴巴的牛皮纸信封托在手掌上说，这里装着该还的钱，当然不能是五块。五块钱按定期存款五十三年算利息，咱就按1956年的定期利息算吧，我记得是百分之五，加起来是五十八块左右。这一阵我天天计算这五块钱的利息，大齐概不会错。

万宝山从父亲手里接过信封，发现信封下方有红色仿宋体"福安市人民医院"字样，不觉在心里感慨：到底是父亲，一辈子精打细算，都病成这样了，也不知在什么时间、用什么办法弄到了医院不花钱的信封。可父亲说话却常常颠三倒四，比如他喜欢把"大概齐"说成"大齐概"，比如他永远把沙发说成"发沙"。这使他的思维看上去仿佛异于常人，同时也掩盖了他的心机。成年之后的万宝山想，父亲其实是有心机的，只是他一生的心机大都放在持家过日子上了，父亲一直掌握着家中的经济大权。万宝山将轻而薄的信封叠了个对折塞进衣兜，他无心核对信封里那连本带息的钱数，都五十三年了，多一分少一厘的真那么重要吗？这时，已经躺上枕头的父亲突然又奋力抬起身子，冲他的六娃张开了两条胳膊。那像是一种企望，好比儿童对大人撒娇时要大人抱抱；或者那也是一种对托付之事的再次确认：我们爷儿俩抱了，你才算真的答应了我。万宝山对父亲的这种姿态缺乏心理准备，虽然他排行老六，是家中最小的孩子，但他和父亲从来没有这种亲密的身体接触。父亲也从不娇宠他，很可能是他不允许父亲娇宠。从小他就不喜欢父亲，在他印象中，父亲朋友很少，因为他那出了名的吝啬。父亲的吝啬也不时带给年幼的万宝山一些难堪。现在生命垂危的父亲用这种类似外国人的方式要和万宝山拥抱，他顽强地张着胳膊，白发蓬乱，眼球浑黄，面目黧黑，四肢枯瘦，宛若一只凄风中的大鸟，干脆更像是大鸟的标本，万宝山想。紧接着万宝山就被心中的大鸟标本这个比喻吓了一跳，刚才的忸怩才转换成一种不期而至的怜悯——刚才他忸怩了。他想，这拥抱的示意本不属于父亲的风格，但谁能判断一个行将结束的生命会有哪些意外举动呢？他微微弯下身子，小心地抱了一下父亲。父亲是肝癌晚期，这时已经轻若无骨。他还闻见了父亲身上的一股哈喇味儿，如同厨房里陈年的老油。

几天后，父亲去世了。

万宝山很想尽快完成父亲的嘱托。倒不是因为那五块钱的债务，而是父亲在病床上那奋力张开胳膊的姿势。正是那病鸟般的姿势提醒着他，他不愿意父亲死前的那个瞬间总在脑子里盘旋。只有还了钱，那形象才能从他脑子里消失。

父亲特别提出要他"亲手"还钱,他理解这是当面归还的意思。那么,他必得亲自去一趟北京了。他向父亲工厂的老同事打听李玉泽在北京的具体地址,厂里很多人都知道。他们把地址写给他,还告诉他,李玉泽退休以后跟儿子住,那地址是儿子家的。

父亲在春天去世,但万宝山执行父亲的遗嘱一直拖到秋天。万宝山成人之后在一所中等卫生学校当水暖工,刚结婚就和父母分开单过。他的小家经济收支大致平衡,偶尔略有盈余。可万宝山出门也要算成本,假若他去还钱的成本超出了他要还的钱数,那他绝不贸然行事。秋天了,学校借着新中国六十年大庆的气氛,在国庆节之后分批组织老师和职工去北京参观,这才给了万宝山当面向李玉泽还钱的机会。学校组织的参观是学校花钱,也可以看作这是一次公费旅游——北京公费一日游。

出门之前,万宝山才认真想到了债主李玉泽。其实他并不记得李玉泽,有关李玉泽一家,万宝山都是从大哥那里听说。从前李玉泽和万家住对门,两家都住在纺织厂宿舍。万宝山的父亲在厂办宣传科编厂报,李玉泽是厂里的技术员。在大哥印象里,李玉泽家总是比他们家吃得好,李玉泽的儿子李可心和万宝山的大哥是小学同学,他对万宝山的大哥说,夏天他爸每天都给他买一角西瓜。而万宝山的父亲只会号召万宝山的哥哥们攒牙膏皮卖钱。卖了钱也得上缴父亲,父亲每次返还三分钱,规定一个月吃一根小豆冰棍。后来李玉泽调到北京去了,那一年,万宝山还不到三岁。

但是,关于父亲的借钱不还,万宝山仿佛从记事起就知道。小学一年级的暑假里,他和几个孩子围着宿舍楼门口推冰棍车的奶奶买冰棍。他们都知道,这个卖冰棍的奶奶是可以赊账的,她是厂里工人的家属,认识这些孩子,他们可以先吃冰棍再回家拿钱。万宝山也想先吃冰棍后给钱,旁边一个大点的孩子立即指着他,揭短似的说,"他们家大人借钱不还!"万宝山已经伸出去的手,像被这喊声烫着似的赶紧缩了回来。那时的他还没有能力用"羞愧"来形容自己,却明白地知道,借钱不还会让一个人抬不起头。再大一点,他知道了五块钱在1956年的价值,便愈加意识到问题的严重性。1956年,在外省这个离北京三百公里的城市,父亲一个月挣三十六块钱就能养活全家八口人。虽然日子拮据,但总能将就着过去。

1956年,一间高级寄宿小学学生一个月的伙食费是十二块五毛钱。

1956年,一件斜纹咔叽布中山装是六块三毛钱。

1956年,母亲生了万宝山之后回乡下娘家坐月子,下了长途汽车在县车站小饭馆花一毛钱吃了一碗荷包蛋,那大海碗里足足有十个鸡蛋啊,一分钱硬币大的香油珠子飘了一层,硬是把碗都盖严了。这是母亲百讲不厌的一件往事,而父亲更愿意让她在全家吃饭时开讲,他说,这样就可以不炒菜了,一人举着一个窝头,就着故事里的香油荷包蛋吃。

1956年,五块钱是一个普通中国人家的一笔大钱。父亲从对门借的,对门邻居,正所谓低头不见抬头见,他用了什么办法,能够在长达两年的时间里拒不还钱呢?假如两年之后李玉泽没有搬出对门调去北京,父亲又将如何天天面对债主?这需要铁一样的脸皮钢一样的神经。万宝山在买冰棍赊账遭"揭发"之后问过母亲,母亲双手一拍,一只手的手背啪啪地砸着另一只手的手心说,她一看见对门李家的人,就恨不得有个地缝钻进去。可是,她不掌握钱,她是个没有工作的家庭妇女,花二分钱买火柴都得提前和父亲打招呼。长大一点的万宝山鼓足勇气去问父亲,父亲却不似母亲那么激动,他说,那五块钱啊,第一我没说不还；第二李玉泽家只一个独子，比咱家条件好不少，他又不急等这五块钱用；第三，人家李玉泽都从来没催过我还钱，你们着什么急呢！还有第四，父亲说，就在他准备好还钱的时候李玉泽调到北京去了，一下子就隔了一个城市啊……父亲对自己的不还欠债振振有辞，但全家人都明白他更像是强词夺理。比如他说李玉泽家只一个儿子经济条件好，自己家是六个，仿佛李家的钱活该给他用。母亲有一次曾经抢白他说，知道人家背后都怎样讲吗，讲咱们生得起孩子还不起钱！父亲立刻对答道，是呀，所以六娃之后咱不就打住了么。万宝山想，这倒是真的。母亲的生育打住了，父亲的借钱行为也打住了。据万宝山所知，自从那"著名"的五块钱之后，父亲终生没再向别人借过钱。也许他心里很在乎厂里同事在背后的议论，特别是这议论已经伤及自家孩子的自尊。李玉泽固然没有当面催他还钱，但人们背后的议论最初肯定是来自李家。

父亲的借钱典故随着李玉泽一家的离开渐渐告一段落，他的另一种习性凸显出来，他吝啬。或者换句好听的话，他极端地节约。他嘱咐上街买菜的母亲说，你买茄子，是买一个大的呢还是买两个小的？依我看你要买一个大的。为什么？两个小的会多出一个茄盖儿，占分量。在家里他身体力行，带头喝隔夜的已经馊了的菜汤，吃过期的药片，不许点十五瓦以上的灯泡。家里不买手纸，他利用编厂报的职务之便，把那些油印小报带回家来，亲自裁成幼儿巴掌大小做如厕之用。当孩子们抱怨纸面太小擦不干净时，他会耐心给他们讲授方法，这曾经让年幼的万宝山很有一种说不出的别扭。他还锯煤——把一整块蜂窝煤拦腰锯成两块，说这样分两次添煤烧得更透（可能是谬论）。他给煤盖了煤"屋"上了锁，钥匙挂在腰上，他不开锁，你休想取出一粒煤渣，哪怕你正要蒸馒头炒菜，炉中火急待添加新煤。家中的米、面、油更要上锁，每餐饭他都用自备的量具——母亲娘家一个核桃木的木碗量米量面。在万宝山印象里，他的童年和少年时代老是觉得饿，他和哥哥姐姐们从来没有放开肚子吃过饭。他们都在私底下盼着父亲出差，那样说不定就能获得饮食的暂时解放。可是父亲不出差——纺织厂无差可出。

2009年秋日的这个早上，万宝山坐在去往北京的城际列车上，衣兜里装着父亲嘱他要还的钱。他不吃一口零食，不喝一口需要花钱的水。车厢里的售货车来来回回在他眼前过了几趟,卖"娃哈哈营养快线"饮料的,卖快餐火烧、茶叶蛋的,还有黑瓜子白瓜子,奶油花生口香糖……同车厢的老师们把售货车上那些食品袋扒拉来扒拉去的,他则看得淡然。他只是忽然想到,自己这习性是不是受父亲的影响呢?售货车上那装在食品袋里烤得焦黄的看上去很香的火烧,只是让他想起少年时吃过的唯一一次火烧。那一次,父亲空前绝后地出差了,一走就是十天。省里举行大型职工业余汇演,纺织厂一个名叫《太阳光芒像金梭》的女声小合唱被选中,父亲参与了歌词的创作,因此有机会和演出队一起去省会。但父亲的短暂离家并没有让家人得以放开肚子吃饭,父亲对此早有准备。临走之前他已经把十天的米面提前备好,并不忘刨去自己的那一份,其余的自然又上了锁。母亲在父亲给粮食上锁之前及时申请出小半碗白面,她必须用它打糨糊。万家人是不买鞋的,全家都穿母亲纳底子做成的布鞋。纳底子需要糊袼褙,糊袼褙就要用糨糊。母亲在炉火上打糨糊时万宝山愿意栖在她跟前,他愿意闻那白面和水搅拌在一起,经炉火的熬制散发出的诱人清香。当糨糊打好时,他更会趁母亲不备,伸出食指挖出一坨糨糊迅速送入口中。吞咽完糨糊他还会长时间地嘬食指,他自认为面糊的暖香能在这根食指上存留好几天。每逢这时，母亲又会站在父亲一边劝慰她的六娃，她说你爸锁住米面是为了家里别吃了上顿没下顿，咱们的粮食有定量管着。万宝山知道定量是什么意思，定量之外，你就是有钱也没处去买粮食——何况万家也没有多余的钱，万家从来没有多余的钱。十天后父亲从省里回来了，万宝山盯着父亲手中那个他十分熟悉的、印着一架白色飞机的墨绿色帆布提包（直到2009年腊月父亲住院，这只"飞机"模糊、拉链破损的老提包依然跟随着父亲），他发现提包有点鼓，这让他兴奋，父亲该不会给他们带回了什么好吃的吧。在食品匮乏的年代，很多孩子特别关注外出回家的大人手里的提包。父亲的提包里果然有内容，他带回了八个火烧。

事情是这样的，父亲和纺织厂的演出队乘火车去省城，火车路过一个大站时，车厢里突然有广播说，这个大站的站台食堂专为旅客提供火烧，车上旅客可以凭车票购买，每张车票限购火烧一个。广播里特别强调说"椒盐发面火烧五分钱一个，不要粮票"。坐在火车上的父亲立即注意到了这则广播，他尤其注意了"不要粮票"这句话。在中国的票证时代，不要粮票的火烧几乎等于不要钱白给。这是当时国家对出门旅行的公民的优惠政策,除了在火车站的站台,其他地方几乎没有不要粮票的食品。父亲反应敏捷地开始行动,他挨个问同车的厂里同事一会儿是不是要下车买火烧,几个正忙着打扑克的女工都说不买,她们知道去省会参加汇演是有人管饭的。父亲立即把她们的车票敛到自己手中,一边说着借我用用。说话之间火车进站了,父亲飞速下车,在站台上那个瞬间形成的买火烧的队伍里,他的位置是前三名。父亲借到手七张车票,加上自己的那张,他买回八个火烧。厂里工人对父亲那著名的习性深有所知,现在他突然一下子买了八个火烧,大家忍不住尖刻地当面议论起来:精于算计的万师傅啊,这回可没算准。火烧不要粮票是占了便宜,可你什么时候吃呢?你要把它们放十天吗?回家时早长绿毛了!

父亲还有一个特点就是从不忌讳人们议论他的吝啬,父亲认为这和议论他借钱不还有本质的区别。为此他不仅经常像欣赏自己的优点一样欣赏人们奚落他的吝啬,还会适时做些补充。只见父亲把火烧藏进提包,对大家解释道,我听说在省里参加汇演这十天是统一发餐券的,要是用不完,最后凭餐券还能退给你粮票和钱,一张餐券少说也值四两粮票三毛钱吧。我准备每天吃一个火烧顶一顿饭,省下餐券就可以退成粮票和钱啊。你们有谁想到了？

父亲这构想居然对大家产生了吸引力，有几个工人也跃跃欲试。只是，她们没能如父亲那般手疾眼快抢购到不要粮票的火烧，而到达省会之后，父亲的预谋也没能"得逞"。原因是那次汇演的用餐方式没有采取餐券制，所有参会人员不领餐券了，大家可以随便吃。这是一个让与会者即刻狂欢的优待：随便吃！在那样的岁月里，"随便吃"带给人的惊喜就如同天天有人给你涨工资。在这做梦一般的餐饮狂欢面前，父亲的八个火烧果然如人们的预料，三天后就长毛了。但你不要以为父亲会抛弃它们，他把招待所房间的窗台擦净，将长着绿毛的火烧一字排开，在太阳下晒火烧。晒好一面，他用扫床的小笤帚扫去火烧上的绿毛，把火烧翻个儿再晒。十天里，翻晒火烧是出差在外的父亲一个不大不小的乐趣。十天后，他重又把这八个干火烧或者叫火烧干背回了家。后来，父亲的"火烧事件"在厂内广为流传。在宣传科，在车间，在夏天里人们乘凉的家属院，和父亲同去省城的人公开把这事当成故事讲，并且不断添油加醋。每逢这时，作为听众之一的父亲甚至一块儿帮着补充材料，比如用"小笤帚扫绿毛"这个细节就是父亲本人贡献的。

众人因为父亲对"事件"的当场证明而更加开心。

万宝山始终记得父亲带回火烧的那个晚上,那是一个欢乐而奢侈的晚上。晚饭时分,出差归来的父亲先是制止了母亲熬玉米面粥的计划,他说今晚能省下一顿粥了,今晚有干粮。说着,父亲郑重地从提包里捧出八个火烧分给围桌而坐的全家八口人。最后他把属于自己的那个递给万宝山说,六娃最小,吃个双份吧。哥哥姐姐们都看着万宝山笑,母亲阻拦说,还不到出力气的年纪,吃什么双份呢。又把火烧推到父亲眼前。父亲笑笑说,你没看见我胖了呀,开会吃的。这次汇演,不限制饭量,让我们随便吃。说着拿起火烧塞到万宝山手里。万宝山一手攥着一个火烧不撒手地看父亲,他发现父亲是胖了,腮帮子鼓着,脸上泛出油光。让他感到有趣的是,父亲脖子上还戴了个西式衬衫的假领子,这个假领子是母亲用几块蓝白方格交织的手绢拼在一起缝成,连带一部分肩膀,肩部以下是空的,腋下有松紧带前后衔接固定在身上。父亲从来不买真衬衫,假衬衫领子也是做"礼服领"之用。刚才进门后他脱掉外衣就忙着给孩子们拿火烧,忘了把假领子摘下来。他戴着假领子,假领子下边是补丁叠加的纺织厂自产的灰色针织秋衣。这使他看上去就像一个幼儿园里戴着布围嘴的孩子，至少也是一个正在扮演孩子的大人。万宝山冲着戴假领子的父亲笑了，他不客气地咬起那难以咬动的火烧，火烧干硬如铁，使牙齿在上面打滑，他还是咬出了这椒盐火烧不一般的香。夜里躺在床上，牙缝里残存的芝麻粒大的碎花椒被他用舌头舔了出来，他舍不得咽下去，小心地含住这喷香的花椒睡得很酣。后来他从旁人那里知道了父亲晒火烧的故事，他像以往听到这类故事一样的恼火，但这次的恼火并没有抵消那天晚上吃火烧的所有美好感觉。

三十几年过去了，万家的孩子都已长大，告别父母各立门户，且都先后离开了生养他们的这个城市。就仿佛他们共同被父亲的吝啬吓怕了，他们心照不宣地拒绝再和父亲近距离地生活。只有万宝山留在离父母不远的地方：他自己的家和父母的房子相隔两条马路。票证时代过去了，生活渐渐好起来。大米白面可以自由购买，人们炒菜也开始舍得放油。但父亲的吝啬却一如既往。他照旧把粮食锁进橱柜，为了便宜，他只去农贸市场采购那些快要孵出小鸡的鸡蛋。上世纪八十年代，万宝山给父母买过一对人造革的仿皮沙发，第二天就被父亲卖掉，卖沙发的钱也被他理直气壮地揣了起来。他逢人就讲："发沙"，又花钱又占地方。退休以后他时间更多了,他曾经要求万宝山把正在读小学的女儿放在他们身边照顾,被万宝山的爱人坚决拒绝。他无事可做,干脆就独自承担了买菜的任务。说他买菜不如说那是捡菜,每天下午市场快要收摊他才前往,他坦然捡拾着菜贩们遗弃的菜帮、菜叶,弄好了也有完整的收获:一个正在生芽的土豆,或一棵筋络粗大的老芹菜。院子里的老邻居们为此嘲笑他,他们说,老万什么时候捡到一块肉就好了,也改善生活做一顿红烧肉给我们看看。父亲说改善生活还用得着捡肉啊,我今天就改善。邻居们问他怎么改善,父亲自豪地说,他准备做一份红烧芹菜。众人笑起来,父亲却不觉得这是玩笑。吝啬在他,已不是生活所迫,那就像是他人生的一个信仰,或者生命的一个动力,简直须臾不可离开。吝啬在他,也没有什么不光彩,能够做到尽最大可能地不花钱,那才叫光彩。这的确,的确和借钱不还不同,这是一个人给自己找乐儿,碍着谁啦。

火车进站,北京到了。万宝山跟随卫生学校的同事们下车走出站台。在学校的安排下,他们参观了天安门广场、鸟巢和水立方。万宝山和同事们一起感叹,到底是首都,到底不一样啊。到底是开过奥运会的首都,到底是六十年大庆刚过的首都，到底是不一样啊。天空湛蓝，鲜花怒放，新楼们如森林一样错落，大街上的人个个神气活现……大家忙着在每一个参观点拍照。万宝山没有照相机，他请一个老师给他在鸟巢拍了一张留念照，就向他们此行的领队——一位副校长请假：他要去一个熟人家办点事。想到在北京打手机是漫游的价码，太贵，他又谎称自己的手机没电了，借用副校长的手机，按照父亲厂里老同事提供的号码给李玉泽打了电话。

电话是李玉泽本人接听，万宝山听出那是一个有点耳背的嗓音洪亮的老人。他大声向老人报出父亲的名字，简单说明是代父亲来看望他老人家的。他没在电话里提到还钱也没告之父亲已经去世，他觉得这话应该放在当面。李玉泽显然还记得父亲，五十多年前外省纺织厂那个住对门的邻居。他很痛快地答应万宝山来家中拜访，又详细告诉万宝山乘车的路线。他说儿子今天在家里办个大 party，人多有点乱，不过没关系，他来了可以同他们一块儿喝酒。万宝山没听懂 party 这个词，他推断这大"趴替"反正和人多、喝酒有关。他挂掉电话，在鸟巢乘地铁 8 号线，顺利找到了李玉泽的住址，一个名叫绿水庄园的地方。原来这是一片别墅,当万宝山确凿地站在庄园门口,盯着眼前那两扇巨大的、铸有一对鎏金麒麟的黑色铁艺大门,他才又想起父亲厂里老人们的介绍,他们说李玉泽的儿子李可心做的是房地产生意,李玉泽跟着儿子养老,有福了。万宝山正犹豫着不知如何进门,一个身穿藏蓝色制服、肩上缝着金色肩章的门卫从警卫室里跑出来,问他贵姓,他报了姓名,保安客气地说,刚才A8座的业主已经通知我们,对您放行。

保安引万宝山进了大门,热心地指给他去往A8座的路径:右转,上那座罗锅桥,下了桥一直向前二百米就是。万宝山机械地按照保安的指示走上那座弧度并不太大但跨度不小的罗锅桥,他看见了桥下的水池,水中的睡莲,环绕水池的大片草坪、喷泉、木椅,一些树种珍贵的树们。他下了桥,走二百米,路过了几幢白房子黄房子,他看见了一幢屋顶覆盖着铁灰色龟背形油粘瓦的红房子,他不知道为什么会特别注意这红房子的龟背形灰瓦,也许是因为他在外国电影里见过它们。一大片修剪整齐的毛茸茸的草坪由房脚处伸展开来,形成一个足有上千平方米的庭院。院门的浅褐色毛石门柱上,镶嵌有A8字样的紫铜门牌。万宝山站在门口,隔着院墙——半人高的漆成白色的木栅栏,看见一大片落地窗和一个从落地窗探出的白色大阳台，几位老人正闲坐在那里，晒着秋日里干爽的阳光。在他们当中，应该有一位是李玉泽吧。庭院草坪上有铺着雪白台布的长方形餐台，锃亮的银盘里是各种水果、点心和烤肉——一定是烤肉，因为不远处还有一架烧烤炉，两名头戴雪白高帽的厨师站在炉前忙碌，油烟加着肉的香气不时飘扬过来。一些男人、女人，一些尖叫着的孩子，他们或坐或站或走来走去，吃着什么，喝着什么，聊着什么。一个五岁左右、留着分头的小男孩跺着脚正冲他的母亲（一定是母亲）大叫：我不喝法国的"依云"，我不喝法国的"依云"，我要刚才那种二十六块钱一瓶的"无量藏泉"，二十六块钱一瓶的矿泉水……

本打算进院的万宝山，站在A8的木栅栏之外背过身去，一阵莫名的瑟缩。他忽然不想让草坪上的人们看见他。他想，这就是刚才他在电话里听见的那个party吧？虽然他早已知道李玉泽父子的富裕生活，但眼前的场景还是远远超出了他的想象。那孩子要的二十六块钱一瓶的水，还让他立刻想起衣兜里父亲嘱托的那五十八块钱。五十八块钱在这样的院子里，也就刚够买两瓶水的。李玉泽或者李玉泽的儿子会怎样看待一个老邻居的儿子奉还的这五十八块钱呢？以他们今天这生活的气派，难道当真会记得五十三年前被别人借过的五块钱吗？万宝山继而对自己有些怨愤起来：他这是干什么，也是五十几岁的人了，不远几百公里，又打电话又问地址，最后煞有介事地向这幢别墅交出一个皱巴巴的轻薄的信封，这简直有点滑稽。

一想到"滑稽"这个词，万宝山决意离开 A8。他沿着来时的路，迅速朝着远远的那座罗锅桥走。他步履轻快，不一小会儿就行至桥下。他拔腿往桥上走，过了桥，就离这庄园的大门口不远了。就在这时，他的腿出了问题：他的腿忽然迈不开步了，他没有办法上桥。他定定神，换一条腿再迈步，不行，他还是走不动。他站在桥下发愣，不相信自己遇见了鬼，不相信这是鬼使神差。片刻，他镇静着自己慢慢调转身向着相反的方向——A8 试着迈步，两条腿立刻又听他的使唤了。可当他借着这股劲儿转回身再次上桥，他的腿就再一次地抬不起来了。

万宝山僵着身体无助地站在罗锅桥跟前，好像一个正在思考高深问题的哲人。夕阳西下，在桥的两岸开阔的草地上，几个仰着脸放风筝的孩子引起了他的注意。既然他的腿像被施了法术似的不能动弹，他便只好随着孩子们的目光仰望天空。他看见了一些高高飞翔的鸟：燕子、蜈蚣、老鹰……一只红嘴的黑鹰展着双翅飞得最高，威风凛凛地俯视着大地。一个形象忽然在万宝山脑子里复活了：病床上的父亲张开胳膊对他的那个企望，凄风中的大鸟样的企望。他仰望着空中的黑鹰，该不是父亲的魂灵正俯视着他吧？他并不迷信，但那一刻他心生畏惧。他就在这样的俯视之下回转身，朝着 A8 迈步。他的步子顿时就迈开了，原来他的腿没病，他确信自己的腿是两条好腿。

  他脚步均匀地再一次朝着 A8 走，那空中的老鹰依然在他头顶的天空翱翔，似是监督，似是护送。万宝山看看天空，又看看四周。天高气爽，四周无人，在这样的人居超低密度的地方，经常是四周无人。他就破天荒地在这陌生的庄园里，向着天空不好意思地夸了一下他的胳膊，宛若与天上的大鸟打着默契的招呼。他发现，当他勇敢地把胳膊舒展开来的时候，久已潜藏在身体内的什么东西嘎巴巴地奔涌了出来，他那颗发紧的心也略微感觉到了平安。

2010 年 3 月 19 日

春 风 夜

俞小荷晚上睡觉前花了很长时间洗澡，洗得仔细，近于隆重。等在门外的刘姐就隔着门喊：差不多就行了吧，要是在别的主人家，谁能容你这么洗呀！

俞小荷站在淋浴间的莲蓬喷头下，把调好温度的水龙头开到最大，缩着脖子眯着眼，享受着热水沐浴的快乐。她不理会刘姐的叫喊和不满，不搭她的腔，也不生她的气。她知道刘姐话里有话：对她第二天要去会老公有那么点莫名其妙的醋意。五十多岁的刘姐没结过婚，因为恋爱的不顺利，二十多年前就从四川老家跑出来，独自带着恋爱的尴尬果实——一个女儿，落脚在北京打工。这样的经历，多半会使人的性格在某些方面异于他人。比如刘姐就有洁癖，酷爱洗衣服洗澡，洗澡要把自己洗得恨不能褪一层皮；刷牙一日三遍，要把牙床子刷出血来才算过瘾。主人规定小件衣服手洗即可，但刘姐自己的一条内裤、两块毛巾也必得放进滚筒洗衣机滚它个天翻地覆。她的嗅觉也灵，规定和她住同屋的保姆不得坐她的床，每晚睡觉前她都要翕着鼻孔把自己的床闻一遍，闻到异味就和同屋的保姆吵闹，每次吵闹都以把对方气走而告终。刘姐很想独占保姆间，但这家是个大家庭，老老少少十几口，人多时一下子得开出二十几个人的饭。再去打扫卫生，一个人无论如何忙不过来。所以用女主人赵女士的话说，旧的被气走，新的还得来。其实刘姐也是旧人，但她"旧"得不同凡响。赵女士全家都爱吃刘姐烧的菜，刘姐一进厨房就"起范儿"，她把那里的一切经营得有声有色，是赵家的一个"金不换"。加之赵女士本人也极爱干净，她早就知道刘姐疯狂洗涤的毛病，但想到一个家庭最重要的无非是干净、可口的饭菜和整洁、舒适的环境，也就不再计较刘姐那过量使用的水、电、肥皂、洗衣粉了。赵女士坚持不辞刘姐，刘姐始终主管买菜做饭。新来的俞小荷负责打扫卫生、洗衣服、照料室内的花卉植物，和刘姐两人同居一个房间。

这次刘姐没能气走俞小荷，俞小荷对付她的吵闹就是一个表情：笑笑。俞小荷的笑与常人稍有不同：十几年前她生儿子时坐月子受风落了个嘴歪的毛病,笑起来就显得有点苦,又有点含意深远,反倒把刘姐给镇住了。俞小荷有一儿一女,女儿在北京上大学,大三了,这也让刘姐心生羡慕。刘姐想想自己的女儿,常年随着一家医药公司的老板出去陪酒,一个月有二十天喝得不省人事。除了跟刘姐怄气就是向刘姐要钱。唉!刘姐不再为难俞小荷,两人竟相安无事地共处五个多月。俞小荷没做过住家保姆,但她干活认真,肯出力气。比起刘姐精瘦的牙签似的身材,俞小荷属于偏胖型,可她并不蠢笨,还有眼力见儿,给主人洗衣服时,经常把刘姐的也捎带洗了(虽然刘姐事后总会重洗一遍),刘姐那颗好似风干的心就由不得热一下子。俞小荷在厨房帮刘姐洗碗,刘姐端详着俞小荷,觉得这女人其实长得可不丑:长圆脸,双眼皮的大眼,鼓峥峥的鼻梁子,可惜一副厚嘟嘟的嘴唇,朝右脸歪去。刘姐就对俞小荷说,我真想抽你个大嘴巴子。俞小荷说,干吗?刘姐说,把你这嘴抽正过来。俞小荷凑上自己的脸说,你抽,你抽。刘姐却又说,你还是歪着吧,女人模样太好了麻烦。俞小荷说,都这一把年纪了,就是嘴不歪又有谁看你呀。刘姐说,那你怎么好几个晚上睡不踏实?还不是因为王大学要来北京,还是惦记着让人家看啊。俞小荷偏过脸笑笑,不吭声了。

俞小荷的老公名叫王大学,开一辆号称"康巴拉煤王"的大车跑运输,夫妻俩半年没见面了。明天王大学路过北京,两人约好见一面。晚上俞小荷向赵女士请了假,就开始磨磨蹭蹭过年似的洗澡,直洗得刘姐在门外气急败坏。洗漱完毕,俞小荷早早上床钻了被窝,她要养好精神。她听赵女士常说,女人的精神是睡出来的。但是这一夜她睡得不好,早晨一起床,就又去洗了个澡。这个澡洗得有点理亏,主人虽然不会说什么,可身为保姆一天洗两次澡,还是过分了。幸亏天还没亮,刘姐还在床上打呼噜,那么瘦的人,打起呼噜山响。俞小荷蹑手蹑脚下了床,掩好门,把自己锁进了隔壁卫生间。

这个澡她是非洗不可的,夜里她做了个噩梦。她梦见王大学带了她一块儿出车,车开进一座山里,天忽然大黑。路边恰有一爿旅店,他让她在车上等着,自己先下车去登记住店。她左等右等等不来,就下车进了店,原来那只是一间破草房,房内有一张褥子脏污的床板,她的老公正伏在一个女人身上。俞小荷扑上去撕打那女人,她看不清那女人的脸,却看见奶水正从女人鼓胀的乳房淌出来。她痛哭起来罢了手，心想也真使得出来啊，奶着孩子还干着这个……她哭醒了自己，浑身汗湿。

　　三月的北京，春寒料峭。穿戴整齐的俞小荷急匆匆出了花源湾（赵女士所住小区的名字），跨着大步往公交车站赶。天还黑着，街上的路灯还没有熄灭，晨风硬冷，便道上有环卫工人戴着帆布手套，手持扫帚在清扫路面：哗，哗。刚洗过热水澡的俞小荷心情好多了。不过就是一个梦吧，而且梦大半都是反的。她一边安慰自己，一边把太空棉短大衣领子上的帽兜戴到头上，两只耳朵顿时暖和了。她这一路要换两次公交车，再乘一段地铁，目的地是方庄。王大学给她发短信说，方庄附近有个叫"春风"的旅馆，跑车的司机们常住，便宜，管一顿早饭。花源湾在北四环，离位于城南的方庄远了些，路上得一个多小时。可王大学觉得合适，俞小荷还是愿意就他。两次换车之后，俞小荷乘上了地铁。在拥挤的车厢里，一些情侣互相依偎着打盹儿，一些孤单的人悄声打着手机。俞小荷找个靠门的角落让自己站稳，隔着大衣摸摸口袋里的手机，有心也给王大学打一个。昨天通电话时他告诉她，他的车今天一早到顺义。因为大车不能进北京市区，卸了货，车就停在顺义，他再搭别人的车到方庄。也不容易呢,俞小荷想着掏出手机,王大学的电话却先打了过来。他问她到哪儿了,说自己已经到旅馆了,房间都定好了,真是不贵,标间九十八块钱,能洗澡,也干净。说你可记好了,房号是102,102啊。俞小荷听着电话,一股喜气突然涌了上来,她却故意逗他说,她原想一早就出来的,可是做饭的刘姐病了,她得替她把全家的早饭做好才能出来。电话那边就有点急,问她什么时候才能到方庄。这边俞小荷忍住笑说得快中午了,你先睡一会儿。那边说我怎么听你电话里乱哄哄的像在外头?这边俞小荷说是电视,他们家厨房里也有电视,刘姐在厨房干活不闷得慌,这叫以人为本你晓得吧。那边说宝贝儿,几个月不见你的腔调都变了。这边俞小荷说行了行了你快先睡会儿,就这,啊。说完挂掉手机,腾出一只手牢牢抓住车厢里悬在头顶上方的环形把手。她从电话里听出了王大学的焦急和沮丧,这两样情绪都叫她高兴,她听出了他对她的想念和在意。男人是不是真在意女人,几句话女人就明白。想到夜里还做那样的噩梦,便觉得有点对不住老公。

五个多月前,俞小荷从山西老家来到北京,经家政公司介绍到了赵家上班。为了给主人一个稳定、踏实的好印象,也为了占住这份工作,她连春节都没回家。从前她在村里种过苹果——和王大学承包了七十亩苹果园。十多年间,他们起早贪黑赚了些钱。后来承包期到,两人的年龄都过了四十,体力弱了许多。那些年,真是连滚带爬。俞小荷怀着儿子也一天没偷过懒,结果儿子就生在苹果树下。正是收苹果的季节,最缺人手,俞小荷明知自己快生了,还是腆着大肚子进了果园。儿子越长越壮,俞小荷落了一身毛病。她是个大媳妇,比王大学大四岁,过了年就四十六了。家里大事,都靠她拿主意。承包果园时她就发现运苹果比卖苹果更赚钱,所以才主张退了果园买辆车,由王大学开车跑运输。儿子留在村里给母亲照看,她自己到北京来,试试有什么可干的,离女儿也近了。女儿在北京上学,往后花钱的地方多得很。话一出口,王大学就同意。王大学这名字带出父辈对他的期望,可王大学没上过大学,每遇大事也不爱动脑筋。心思简单,人又长得高大硬朗,若不是家里穷,在村里还是惹人注意的。也因为家里穷,兄弟姐妹八个,都是小学没读完。王大学在该上大学的年龄碰见了俞小荷,两人自由恋爱,经历了一些风雨。主要是俞小荷的婆婆不同意,嫌俞小荷岁数大。王大学却是铁了心,干脆到俞小荷家做了上门女婿。婆婆骂上门来，骂俞小荷是狐狸精，占了她儿的便宜。俞小荷靠在门框上笑笑，不还嘴。娘家哥忍不住对答了几句，说王大学俩哥哥到如今还没娶上媳妇，你们当老人的脸上就那么好看？我妹子出嫁一分钱彩礼不要，应着婆家名摆喜宴的五百块钱还是我出的，到底谁占谁的便宜啊？

……

俞小荷坐在地铁车厢里想着往事，不知不觉间方庄就到了。出了地铁站，又花了二十多分钟，问过几个路人，她终于找到了春风旅馆。这旅馆挨着一个小五金批发市场，是一栋灰白色瓷砖贴面的二层小楼，单薄的铝合金玻璃门框上挂着一条军绿色棉门帘，门帘上人手掀动的部位一片油渍麻花的黑，却也见证着这旅馆人气的旺。俞小荷站在旅馆门前掏出手机看看时间，八点三十五。她在心里偷着笑了：比她告诉王大学的时间提前三个多小时呢，她要给他一个出其不意！她进了旅馆的门，局促的前厅光线很暗，久未清洗的拼花瓷砖地面又黏又涩，脚踩上去有点沾鞋。空气中弥漫着韭菜包子味儿，想必这就是旅馆提供的早饭吧。曲尺形的前台暂时看不见服务员，迎门墙壁上并排挂着三只表面模糊的石英钟,分别显示着纽约时间、东京时间和北京时间。一些客人从前厅走过,身上都带着韭菜包子味儿。俞小荷向其中一人打听102,那人指给她一条窄窄的走廊,敢情就是一楼。她穿过走廊,顺利找到102房间敲起门来。听见里边有人唔唔哝哝地问"谁呀"?她憋着嗓子撇着京腔说"服务员"!门开了,打着哈欠的王大学见门口站着俞小荷,忍不住一拳打在她的肩膀窝上,接着一把将她拖进了屋。

房间里黑咕隆咚,一股又一股烟臭、脚臭和汗酸气扑向俞小荷。从前她对这些气味并不陌生,但是今天她觉得这房间的气味真是呛人。没容她多想,王大学又是一拳将她打倒在床上。黑暗中俞小荷脸朝下地扑在一团热乎乎的被子上,她闻见了王大学的味儿,身子一阵发软。王大学从背后扑过来压住她说,你小子学会蒙人了,还真当你过三个钟头才到呢!说着就去摸索俞小荷的大衣扣子。这时忽听黑暗中有人咯吱咯吱磨牙,惊得俞小荷叫道:谁?王大学说,别怕,是二孬,跟我搭伴开车的二孬,早睡死过去了。俞小荷猛地翻身坐起来压低声音说,你个流氓,屋里有人你还跟我这样!王大学解释说,二孬他表姑家离这儿不远,这旅馆就是他表姑给介绍的。刚才我给你打电话的时候二孬正要去他表姑家，我看他累得迈不开步，就让他先在这儿睡一觉，反正你一时半会儿也到不了。要不我这就喊醒他叫他走？俞小荷截住他的话说，拉倒吧你，我是那种刻薄人吗？说着摸到床头桌上的台灯，拧亮。她看清对面床上的确躺着二孬，试着叫了声"二孬"。二孬不应声，却又是一阵咯吱咯吱的磨牙声，听得俞小荷起了一身鸡皮疙瘩。王大学盯着俞小荷说，看是吧，睡得死人一样。说着又去凑俞小荷。俞小荷闪开身子关了灯说，老夫老妻的你这是干什么呀，这会儿不行！王大学说老夫老妻了咱才不怕什么呢。俞小荷说你先到了怎么不先洗个澡啊？王大学哼了一声说，我就知道你是住在北京城的别墅里眼高了。你们是二十四小时热水，我们这春风旅馆就一个小时热水，晚上八点到九点。俞小荷立刻觉出刚才的话有点伤了王大学，赶紧软了口气说，什么你们、我们的呀，我请了一整天假，今天不走了，晚上住下，明天早上才回去。就这，听明白了吧？王大学不出声地笑了，接着嘴里一阵嘶嘶哈哈，两只手扶住后腰。俞小荷知道他有腰椎间盘突出的毛病，跑车这一年多来经常犯病。她从床上出溜下来，扶着王大学让他平躺在床上，腰椎间盘突出最怕久坐。王大学在床上躺好，掀开被角对俞小荷说，你陪我躺会儿总行吧。俞小荷脱掉大衣搭在床尾，和衣靠住床头坐好说，你躺你的，我陪你坐着。王大学拿被子盖上她的两条腿，他知道她的腿有关节炎。

　　晨光透过窗帘的缝隙丝丝缕缕挤进房间，两个人安静了下来，才觉出这屋子其实挺冷。九十八块钱的客房，暖气也停得早。王大学在被窝里搂住俞小荷穿着弹力保暖裤的腿，俞小荷低头摸了一把男人脸上粗硬的胡子说，你还知道疼我这腿啊。王大学说我不疼你疼谁呀。这一趟十多天，我和二孬紧赶慢赶，两个人轮换着开，一人开四个钟头，十二个钟头才吃一顿饭——就怕吃饱了犯困。俞小荷说，给我讲讲这一趟你们都去了哪儿？王大学说从运城拉了苹果送广东；从广东拉了椰子送呼和浩特；从呼和浩特拉钢材到顺义，明天从顺义再拉上木头到太原。净开夜车了，好几宿没睡过囫囵觉。想早点儿看见你,刚才在顺义连车都没卸。俞小荷说那谁卸呀？王大学说有人卸，咱不挣那份卸车的钱了。俞小荷说一会儿我请你喝酒，反正今天你也不开车。王大学说也给我讲讲你。俞小荷说你不是说我变了吗。王大学说更肥了，你个肥婆！脸也白了。北京就是养人哪，说话的调调都绵软了，从前你可是粗声大嗓。俞小荷说，还有呢？王大学说，还有什么"晓得"啦，"喉咙"啦，"哇塞"啦，还有什么"得了您哪""找补找补"，听着不顺当。俞小荷放在男人脸上的那只手向上一扫，停在男人头顶，抓住他一撮头发使了点劲说，叫你不顺当！王大学哎哟着说，你想搞家庭暴力呀你……

俞小荷在王大学的头发上松了手，她感慨粗心的男人竟还注意到她说话用词的变化。被男人一说，她发现自己说话真和从前有所不同。赵女士是浙江人，赵女士的公公婆婆是北京人，刘姐是四川人，俞小荷身处这样的环境，说话难免受些影响。她现在把嗓子叫喉咙，把知道叫晓得，把扔掉叫摔掉，又从赵女士的儿女身上学得一些时尚感叹句比如"哇塞"什么的。可着急时、大段说话时还得用老家话，那样表达得清楚，也赶劲。那时她就顾不得向北京的赵家靠拢，她不用"生活"啊"日子"啊这些词，她喜欢说"过光景"。赵女士对她说，过光景很好听。俞小荷说话还有属于她个人的一个习惯用词："就这"，常在一段话中间或末尾加上一句"就这"。好像在向你强调"这就是我要说的"，又似乎没什么用意，只起着给说话节奏打拍子的作用。现在俞小荷给王大学描述她的北京生活，还是老家话方便。她告诉他，眼下在农村也少见像赵家这么多口人住在一起的。赵女士两口子，他们双方的父母，他们的一儿一女，一儿一女的下一代，还有赵女士一个没结过婚的老哥哥和一个没结过婚的老姐姐。王大学插嘴道这不是吃大户吗？俞小荷说赵女士家是大户，开着好多家超市，北京、外地，都有。她男人一年有八个月在天上飞，是给外国银行做事的。你说吃大户，也算吃大户吧。可一般大户多半是不让你吃，越是大户，越是算计得狠。就这。赵女士好热闹，老人们都给接来，听她说要养他们一辈子。就是做卫生辛苦些，上下三层楼，十好几间房。我每进一间屋子擦家具洗地板，都忍不住琢磨，往后闺女要是能落在北京，咱什么时候能给闺女混上一间房呢，哪怕就我和刘姐那样的，十平方米吧……哎，你说我是不是做梦啊！唉！

俞小荷轻轻胡噜着王大学的头发等他答话，但王大学不再言声，他困得撑不住，睡着了。他的脑袋枕着俞小荷的大腿，压得俞小荷又酸又麻。可她不敢动弹，生怕惊醒了他。她僵着身子靠在床上，闻着王大学头发上的烟味儿和油泥味儿，静听着房间里两个男人粗重的呼吸，静听着对面二孬偶尔的磨牙，她想能安稳睡觉就好，跑车的人最缺的就是睡觉。再多的话要说，不是还有一个晚上么，还有整整一宿。她靠在床上，眼睛早已适应了这房间的光线。她看见对面墙上有返潮留下的形状不一的洇痕，有的像人，有的像鱼。现在她不觉得这墙寒碜。

天过中午，二孬让尿憋醒，爬起来去撒尿，才打破了这间客房的安静。他看见靠在对面床上的俞小荷，慌得连声叫着嫂、嫂，看这事闹的，我这就走！俞小荷说往哪儿走哇你，刷刷牙洗洗脸一会儿跟我去吃炸酱面啊。王大学也醒了，睁开眼就说自己"该死"。俞小荷下床把窗帘拉开，推开一扇窗，阳光和清新的空气扑进来，叫人精神一振。她把两张床整理好，等待他们轮流去卫生间收拾停当，三个人一块儿出了春风旅馆。他们都饿了，找了间面馆吃炸酱面，喝老白干，俞小荷还特别点了两荤两素四个菜，声明这顿饭是她买单。

吃过饭，二孬去了表姑家，俞小荷要带王大学去医院。王大学说咱不回旅馆啊？俞小荷说咱上同仁医院做一次按摩，我看你这腰忒难受。王大学说花那钱干什么。俞小荷说我愿意花，赵女士家的老人净上同仁做按摩。王大学叫起来说，他们家去的地方我更不去了，你就烧包吧！俞小荷沉下脸说你要不去我这就回赵家。王大学最怕俞小荷沉脸，只好跟她去了同仁医院。到底是正规医院，王大学享受了一个钟的按摩，立刻觉出腰上轻松了许多。当他知道一个钟九十块钱，十分心疼。春风旅馆一宿才九十八块。他明白这是俞小荷的心意，她让他看到，她在北京能挣上钱，还认识大医院。这时俞小荷的手机响了，是女儿打来的。说她已经下课了，问到哪里和爸妈见面。

他们和女儿见了面，一家三口就在同仁医院附近一个涮羊肉的小饭馆吃了晚饭。吃过饭，女儿说学校还有事，要先走。俞小荷说你爸好不容易过一次北京，就不能多待会儿。女儿说我是给你和爸腾时间呢，我待的时间越多，你们说的话不就越少啊。说完真就走了。俞小荷笑着骂她像只巧嘴的八哥，但女儿的巧嘴毕竟又一次洋溢了王大学和俞小荷的情致，他们都觉出了时间的宝贵，他们应该尽快回到旅馆。

天已经黑透，街上的车灯、路灯都亮着，路边那些楼房的窗子里也亮起或黄或白的灯光。这样的春夜，是催着人回家的夜晚，王大学和俞小荷在这样的晚上虽然无家可回，但有一个旅馆的房间在今夜属于他们，也足够他们心生喜悦。他们回到"春风"，掀起被人掀过无数次的厚重的旅馆门帘，走进已不陌生的前厅，他们被前台后面的服务员叫住了。

　　服务员是中年男性，面团脸，瘪瘪嘴，表情和善。他要他们出示住宿证，王大学掏出住宿证和钥匙牌。服务员又向俞小荷要证件，王大学说她是我老婆。服务员说，不管是谁，只要进房间就得看证件。俞小荷问什么证件啊？服务员说驾照、身份证都行。俞小荷恰恰忘了带身份证，她没有这个概念。她对服务员说早上出来得急,忘带身份证了。服务员说那就对不起了，你不能和他进房间。王大学说下次记着带上，这回就一个晚上，明天一大早我们还得往顺义赶呢。服务员说什么？她还要住宿？更不行了。王大学说两口子住一间房有什么不行的,房钱我都交过了呀。服务员说出了事我们负不起责任。俞小荷说两口子在一间屋里能出什么事啊。服务员仔细看了一眼俞小荷说，问题是你没身份证我真不知道你是谁。俞小荷就有点心里起火，她说我是谁？我还能是谁？料你也不会把我当成个小姐吧。我听说过住店的客人有领小姐的，还不知道有谁愿意领个大妈——就算有人愿意领大妈，也得模样周正吧，你也看见我这歪嘴了。她顿了顿又找补了一句说，别看我这嘴歪，讲的可都是正理。就这。王大学在一旁又给服务员上点"眼药"说,都知道北京人和气呀,你就让我们一回,不是有那么一句话吗:理解万岁。王大学这句话把服务员和俞小荷都说笑了,服务员解释说,我能理解你们,往常也没这么严,可这半个月是非常时期,开"两会"呢。白天没事,一到晚上派出所都有专人来检查,查出留宿无证人员,轻的扣奖金,重的吊销营业执照。理解真是万岁,你们也理解理解我,"两会"你们应该知道啊。王大学和俞小荷相互看了一眼,他们知道"两会",却从来没有注意过"两会",更不曾意识到这个词和他们的光景有什么关系,但是今天看来他们是躲不过去了。两个人愣在那里,进也不是,退也不甘。服务员动了恻隐之心,对俞小荷说,你住哪儿啊,不如回去拿一趟身份证,你们也踏实了,我也踏实了。

俞小荷刚才已经想过回花源湾去拿身份证,但她很快就打消了这念头。一来一去需要两个多钟头,往返车钱得花十二块。俞小荷可以为男人按摩花九十块钱,但在自己身上用一分钱她都要琢磨再三。不值,她想。再说,刘姐若是知道她回去是拿身份证的,专为和老公住一宿去拿身份证,这也会让她脸上抹不开。没出息,这分明是自己的没出息。

想想这些，俞小荷对服务员说，我出个主意你看行不。我跟他进102坐着说话，你也进去看着我们，咱们三个人坐一宿。服务员说我可以跟你们在102一块儿坐着，但十一点半之前你也必须离开房间。那时候派出所就来检查了。王大学见服务员总算松了一点口，拽拽俞小荷的袖子就往102走。俞小荷跟上王大学，心想莫非服务员还真跟我们坐着去啊。

服务员喊来另一位女同事在前台盯班，接着真的跟他们进了102房间。他带着职业习惯开了灯，抱起桌上的暖瓶摇一摇看是不是需要添水，又打开电视，然后就坐在屋角一只方凳上，手持遥控器，盯住电视屏幕滚动着选起频道。他让他们感到，一切都是真的，绝非儿戏。他们也体会到他那态度的坚决，只好一人占住一张床，歪倒在床上，和服务员一块儿看电视。很多频道都在播放一些开会的场面，服务员提醒他们说，看，这就是两会。俞小荷说，换个台。服务员换个台，是关于动物的，非洲的斑马。王大学说就看这个吧。于是他们就看斑马。看着成群的斑马，王大学忽然想起什么，翻身下床，从床底下的一只提包里拿出件黑白条纹的休闲衫投向对面床上的俞小荷说，给，这回在广东买的。俞小荷接过来往身上比比说，我娘！这么透肉啊。

王大学说，人家说这叫雪纺，夏天穿凉快。俞小荷说多少钱？王大学说你猜。俞小荷说一百？王大学说美的你！二十三块，批发价。俞小荷很喜欢这件衣服，更喜欢这让她意外的好价钱。王大学叫她穿上试试，说你穿上它往电视里的斑马群里一站，肯定分不出谁是谁来。俞小荷把雪纺衫往对面的王大学脸上摔去说，滚你娘个头！王大学冲她挤挤眼，示意服务员在呢。俞小荷这才收敛了自己。两人同时朝服务员看，服务员又换了频道，正目力集中地看一部古装电视剧，他对这乡下夫妻的家长里短并不感兴趣。俞小荷轻叹一声，心想要是没有外人，她一定会为王大学试穿新衣，尽管天还冷，房间里也没有暖气。现在一个不相干的人坐着，使他们这间客房变得像个公共场所。他们有很多话要说，还有一些事情要交代，可他们只好说些不咸不淡的话。不过他们又都觉得，说些不咸不淡的话，也比隔着电话说话强。一会儿王大学的手机响了，是俞小荷的婆婆打来的。王大学说，看看，你一说滚我娘个头，我娘就来电话了。

　　王大学接了电话，他娘在电话里问东问西，主要是问儿子和柜上见面没有，柜上是指俞小荷。他娘提醒他别忘了把那双布鞋交给柜上，又说家里还有个要钱的事：王大学的二姊子肚子里长了西瓜大的瘤子要开刀，凑不够钱，问柜上能不能给添五千，就算二姊子借的。王大学放下电话，面带难色地对俞小荷讲了电话内容。俞小荷说，你娘没有一个电话不是要钱的。腊月里你老姨父死，我们出了一千；正月里你姑聘闺女我们出了五百；三天前你给我打电话，说你表弟骑摩托车违反交通规则，在运城让警察把车扣了，我们又出八百块钱让家里请交警队吃饭。眼下我们是在北京，可北京的钱就那么好挣？我们又不是摇钱树，就是摇钱树，谁又经得起三天一摇两天一摇哇……王大学也觉得娘这次张口和上回隔得太近，就说你要不同意，咱就不给她，我听你的还不行。

  王大学没有说假话，从结婚起家中经济大权就掌握在俞小荷手里。买这辆"康巴拉煤王"时，俞小荷娘家还出了五万，这样，顺理成章的，俞小荷当了掌柜的。王大学出一次车一结账，除去必要的花销，收入都要上缴掌柜的俞小荷，俞小荷就是柜上。柜上俞小荷并非贪财，她是觉得男人手里不能有太多钱，又跑着车，山南海北的。她本想坚决不出这五千块钱，五千块，是她在赵家两个半月的工钱啊。她明白婆婆说的借其实就是要，"借"到婆家的钱从来没有回来过。可她见不得王大学那为难的样儿，叹了口气说，你就对你娘说，柜上这阵子钱紧，只能出三千，多一分也没有。王大学赶紧接上俞小荷的话高声道，三千就不少！这时俞小荷的电话响了，是儿子打来的。儿子跟着姥姥住，今年高考，他诉苦说姥姥和姥爷整天看电视，因为耳朵聋，把电视机开的声音巨大，害得他没法学习。王大学接过电话，听见那边轰隆轰隆地阵阵喧闹，夹杂着刀剑的撞击声，想必是电视大开着吧。王大学不能阻止老人，只好大声嘱咐儿子好好学习，还说你爹叫了半天"大学"也没上成大学，你可要争气。又说你姐就比你强啊什么的，那边不爱听了，挂了电话。

不知不觉，十一点十分了，坐在屋角的服务员站起来对俞小荷下了逐客令。他说一会儿派出所就有人来检查，我再张不开嘴，这嘴也得张了。

俞小荷对王大学说，那我就回了。王大学说，我娘还让我捎给你一双鞋呢，刚才忘了。说着又去掏那个提包。他掏出一双黑平绒塑料底偏带布鞋，说是他娘在集上五块钱买的，穿着瘦，就叫他给俞小荷带来。王大学殷勤地把鞋摆在俞小荷脚前让她试穿，俞小荷冷笑着说，你娘送给我的这双鞋可不便宜。她还是试了布鞋，她穿着合适。

服务员再次催俞小荷离开，王大学替她包好布鞋和雪纺衫说，我送你出去。

他们一前一后出了春风旅馆，王大学在前，俞小荷在后。在沉寂的黑夜里，俞小荷突然发现男人的腰微微向前哈着，使他不像四十出头的壮汉，更像个疲累的老者。倒退十年，他还在苹果园里给她翻跟头呢。那时她一生气，他就给她翻跟头、拿大顶，终归能将她逗笑……她心里一颤，叫住他说，明早你和二孬几点碰面啊？王大学说，五点在旅馆见，配货站让六点到顺义，去了得先装车。俞小荷说那你还不回去。王大学说咱俩还没结账呢。俞小荷说，每回不都是你把钱打到我卡里吗？王大学说今天见了面，就当面结了吧。两人说着找个路灯站住，在路灯下，王大学把这一趟半个月跑车的收入交给俞小荷。刨去二孬的工钱，两人一路的吃饭住店、路桥费、汽油钱、春风旅馆住宿费，还有刚才说好的将要"借"给他二姈子的三千，柜上共收到七百元人民币，比俞小荷估算的只少了一百块钱。她点过钱，对王大学说，你少交了一百吧？王大学吭哧着说也就是给个人留两条烟钱。俞小荷说烟钱早给你刨出去了。王大学说这月不是改抽

"中南海"了嘛。俞小荷提高嗓门说你还敢抽"中南海"？王大学不说话了，从口袋里摸出一张票面一百的递给俞小荷。

俞小荷没有接钱，她忽然想起早晨醒来之前做的那个噩梦。她想起二孬媳妇在村里就给她讲过梦里那样的事，二孬从前跑车时带着媳妇去过南方。但在这个晚上，她不想疑心她的男人，她觉出了他们的不易。三五个月不见一回家里人的面……她就不接王大学递过来的一百块钱了，反倒从手中那沓钱里又抽出一张一百的塞到男人手中说，知道你苦，我什么都能容。钱你再留一百，只一样：走到哪儿也不能养。王大学说养？养什么呀？俞小荷愣了愣说，一养，就养出感情来了。我丢下一句话你听好，你只能……提上裤子就走。说着眼圈就有点泛红，仿佛什么事情已经发生，幸亏有黑夜遮挡。王大学伸出拳头杵了俞小荷一下说，你个不要脸的俞小荷，胡呲些什么啊？我看你倒是身在北京，心不往我身上用了呢。见男人急赤白脸地嚷，俞小荷刚才有些紧巴的心哗地松下来，她也杵了男人一拳说算了算了，不说这些没用的，我也学你一句话：理解万岁。就这，你快回吧，死站在这儿脚都冻麻了。

王大学不想回旅馆，俞小荷一番话叫他心里不好受。每当他心里不好受，就格外注意俞小荷那歪向一边的嘴。他想起当年他劝她去扎针灸——村里谁谁谁就是给扎好了。因为要花钱，俞小荷死活不去，还说这又不碍吃不碍喝的，你不嫌我，我管他别人做甚！王大学没有嫌过俞小荷，她是他的主心骨，她能让他心静。他磨蹭着不进旅馆，俞小荷就跟着他来来回回地在便道上走。深更半夜，人生地疏，身上装着现金，他们也不敢往远处去，他们其实一直在春风旅馆附近转悠。比起别处，还是旅馆门前最安全。一会儿，俞小荷指着旅馆临街一扇亮灯的窗户说，那不是102啊。两人就奔到窗下。透过没拉窗帘的窗户，王大学看见房间的床上他那只提包。他退后两步说，你看屋里屋外其实只隔一扇窗户，在这儿多站一会儿，没准儿我真当这外头是屋里，那屋里是外头呢。看，咱这"屋里"的地方比那"外头"还宽绰！俞小荷附和道，也是。两人就又开始在便道上来来回回地走。一阵夜风袭来，王大学"哼"了一声说，外头到底不比屋里，还是冷啊。俞小荷说，再冷也不是冬天那股劲了。

夜深人静，如果不能安睡，就是诉说衷肠的好时候。春风旅馆亮灯的窗户一扇接一扇地黑了，只有102的窗户亮着，就像为俞小荷、王大学的团聚固执地照着明。他们在这扇明窗的照耀下说了很多总也没工夫细说的话，他们的儿女，柜上的积蓄，闺女若是考研究生，如何托门子使钱。也说到老人和买房，照这样努力，他们五年之内能在县城买上一套两居室的商品房。他们盘算着一家人往后的光景，盘算着他们最终会在哪里安家……凌晨五点了，俞小荷看看手机提醒男人说，二孬快到了。王大学说，那你也回吧。俞小荷说，下趟什么时候过北京？王大学说，没个准头，哪儿有货，车就往哪儿开。

  俞小荷走了，走出几步又返回来说，我再问你句话。王大学说什么话？俞小荷说，昨天我在半路，你从旅馆给我打电话管我叫什么来着？王大学说没叫什么呀。俞小荷说你装傻！王大学想起来了：宝贝儿。他仗着电话里看不见人，模仿着当下的时尚叫了俞小荷"宝贝儿"。俞小荷说想起来了吧？你当着面再叫我一声。王大学说那是打电话呢。俞小荷说电话里能说的话见了面倒说不得了？王大学嘬着牙花子说多大岁数了你闹什么闹，一会儿我把那句话发到你手机上行吧。边说边翻起俞小荷大衣领子上的帽兜替她在头上戴好。俞小荷还要矫情，一辆小"奥拓"开过来停在旅馆门口，从车上下来的是二孬。他的亲戚要开车送他和王大学去顺义，这能省下一笔打车的钱。

俞小荷回到花源湾时，赵女士一家还在安睡，只有厨房的灯亮着，一股煲鸡汤的清香在这幢房子里弥漫。她轻轻推开厨房门，见刘姐正站在灶前用微火煎西红柿，赵家几位老人每天早晨都要吃一枚橄榄油煎的西红柿。

刘姐问俞小荷怎么回来这么早，俞小荷讲了缘由，刘姐嘟囔了一句：啥子事嘛。她观察着俞小荷冻得发青的憔悴的脸，让她坐下，从灶台上的砂锅里盛出一小碗刚煲好的土鸡汤端到俞小荷跟前说，你把它喝了。说完反身关好厨房门。俞小荷知道赵家有几样食品保姆不能动，其中包括土鸡汤。她把桌上的汤碗向远处推推，冲刘姐摆摆手。刘姐悄声劝道，百年不遇的一回，他们发现不了。俞小荷这才捧起汤碗啜了一小口。香，她想。她喝着暖到心的土鸡汤，决定把婆婆捎来的那双布鞋送给刘姐。她拿出鞋来，谎称自己穿着不合适，让刘姐在厨房试鞋。刘姐试了布鞋，那鞋就像给她定做的一样。高兴得刘姐低着头使劲端详自己的脚，问俞小荷多少钱。俞小荷说这双鞋可贵，左脚一千五，右脚一千五，加起来是三千块。刘姐说是双金鞋啊。俞小荷讲了婆婆要钱的事，刘姐说，这么一算，可真是三千块钱一双。说着就要脱鞋。俞小荷说你就穿着吧，比穿拖鞋跟脚。又说你别过意不去，我也给自己买了东西。她拿出那件斑马纹的雪纺衫在身上比着让刘姐看，刘姐边欣赏边笑吟吟地说，王大学买的吧？男人能这样，算你有福气。不像我，从小到大，没男人送过我东西。说话间俞小荷的手机来了信息，她掏出手机查看，是王大学发来的，上面写着俞小荷要他当面说给她听的那句话。

俞小荷鼻子一酸，就要掉下泪来。可她忍住了，她不想当着刘姐这样。刘姐却猜着了似的打趣道，说的啥子，念给我听听。俞小荷不念，刘姐就故意说，你呀，是会别的男人去了吧。俞小荷急了眼似的说，刘姐、刘姐，我可一直敬着你呢，想不到你这么毒。她的声音挺大，刘姐赶紧对她使个眼色说，小点声，都还没起床呢！

厨房里静下来，只有灶台上煎锅里西红柿嘶嘶地响着，溢着金红色的汤汁。俞小荷打量着温暖、宽敞的厨房，打量着兴致不错的刘姐，一阵困意袭了上来。这里也不是她的家，但这里能够让她歇息。是人都需要歇息，不管你前边还有多远的路。她有点不甘，又有点知足，在这儿闭一小会儿眼，她该去楼梯旁边的工具间拿她的拖把和抹布。

哪个房间传出老人的咳嗽声，就这，新的一天开始了。

2010年7月27日

海姆立克急救

1

节日的上午,在这个旅游小镇的桥头,一位戴着圆片花镜,坐在竹椅上的老者为过路的游客制作着剪纸肖像。正面的、侧面的,或者全家福,还有夫妻和情侣。他把握着漆黑的老式贴钢王麻子剪刀,一双深褐色的青筋暴露的粗手看上去笨拙,但操纵起锋利的剪子和柔软的红纸却十分灵巧、娴熟,外加一点表演色彩——众目睽睽之下手艺人的共性吧。有围观者,才能调动起艺人的技艺兴奋。一对青年男女并排坐在老者对面等待他剪出双人合"影",他只抬眼对他们稍做扫视,手下转瞬之间就出现了两人的半身像,外加幼蛇般扭结在一起的四字草书"百年好合"。老者将刀法简洁、粗犷的成品交给顾客说,一张头像一块钱,双人的两块。旁边那四个字是白搭的，属于节日赠送。

正要离开小镇的艾理受了桥头这种民间手艺的吸引，停住脚，也打算带走一帧剪纸。她坐下来，老者问她是正面还是侧面。她犹豫了一下说是个男人，噢，是我先生。老者说你带他照片了吗？艾理说没带。老者提醒道，手机里也没存着？艾理摇摇头。老者说，那你讲讲他的长相儿，我照你说的剪一个试试。艾理开始描述：长方脸，两条眉毛挨得比较近。算是大眼睛吧，下巴很结实，总是刮得很干净，泛着青色。头发有点自来卷儿，可他每回都理得挺短，所以也看不太出来。大嘴，对了他的鼻子……艾理的描述带着不易觉察的热望，还有一点原本用不着的琐碎———张剪纸能剪出青色的下巴吗？仿佛她面对的不是一个桥头艺人，而是一则将要张贴的寻人启事。她刚形容出鼻子，老者已经把一张中年男人的正面头像剪好，用一张雪白的A4打印纸衬着，递给艾理。

艾理接过剪纸成品，竟不由得笑了笑。因为这肖像虽然没剪出鼻子，寥寥几剪，却还真有几分与她的丈夫郭砚相像——正所谓神似。她坚持付给老者两块钱，收起剪纸，搭上了返城的大巴。借着刚才的兴致，上车前她又买了一只当地特产"石锅烧鸡",打算晚上和郭砚一起吃。

艾理昨天乘旅游专线大巴来到这镇上,晒着暮春舒适的太阳,随大流一般地跟着游客们参观了这里的一些石头房子——小镇就因这些上百年的石头房子而闻名。她竭力想表现出一点旅游者应有的好奇心,但脚步很机械,目光也茫然。她对眼前掠过的一切并不感兴趣,只是以此来打发这段难挨的时光,并且不断翻看着手机短信。她希望能看到一条丈夫郭砚发来的,问一声她独自在外边玩得如何。也的确有郭砚的问候短信,可在她看来又太像例行公事。后来她接到儿子的一个电话,说和几个同学到了庐山的美庐。儿子正读大一。

最近半年,当艾理发现郭砚和马端端来往过于密切之后,便经常一个人出门几天,再百无聊赖地回家。她想以离家的方式引起郭砚的注意,或者以离开郭砚的方式丈量自己对他的感情。她在三日游或者五日游的旅途中,有时会夸张地、怨妇似的觉得自己同时被两个男人抛弃了:丈夫和儿子。有时她又竭力推开"怨妇"这个形容,她走到哪里不是都能接到郭砚的电话吗。

郭砚有一个规模不大的家装设计公司,一次,他跟她说一个别墅项目催得紧,要加个班,晚上就在公司睡了。艾理的直觉指引着她,在那个晚上不假思索地打车赶到马端端家的小区——她早就弄清了这个地址。女人不论聪慧或拙笨,一旦发觉自己在情感上受伤,她们的灵敏度几乎同等,行动起来也所向披靡。结果就像通俗小说描绘的那样,郭砚的车在晚上八点进了马端端的小区大门,清晨六点才开出来。

艾理直挺挺地在小区门外守候了一夜,她用了"直挺挺"这个词形容自己,缘于她的心在那一夜比身体更加直挺挺,木化石一般,缺少温度,血脉不通。可她没有上前拦住丈夫,选择了及时避开。她甚至从来没有对他提过这件事,一想到要当面揭穿他的谎话,她就心悸发抖,手脚冰凉。从小她就是个嘴笨的孩子,虽然一度还很喜欢演话剧。事实证明她是个不称职的演员,她笑场。初中时她参演过班上一个关于地下党惩治叛徒的小话剧,她饰演剧中女特工。小话剧结尾时,女特工终于抓住叛徒,掏出枪来对着他的脑门儿说了一句铿锵有力的台词:"我代表党和人民枪毙了你!"排练时每次说到这句话艾理都忍不住突然发笑,手中那支涂了黑油漆的木头手枪也会随着她的笑声抖个不停。一个极为严肃、紧张的时刻,被艾理同学失控的笑声弄得场面尴尬。艾理终因在这句台词上无法过关,被另一个同学换下。后来她听辅导他们排练的话剧团演员说,她当时的表现应该是笑场。这是一个专有名词,指演员在演出中脱离剧情、人物而失笑。

艾理的话剧梦由此告终,成年后她在音像书店当出纳,和郭砚结婚生了孩子就做了全职太太。有时候她会想起少年时代的笑场,她想那是她太过紧张了吧?在那句台词之前是掏枪的动作,每次她都特别害怕把枪掉在地上。人在过于紧张的时刻是不是也有可能把愤怒变成笑呢?她庆幸自己没有去当演员,但这并不妨碍她挺看重同大明星的一张合影。她的母校出过一位当今著名的女影星,那年母校校庆,女影星也参加了。艾理和一大群同学在校园里近距离目睹了明星风采。有人拍了许多照片。在一张校领导和女影星握手的照片里,女影星波浪般长发的边缘处,显现出艾理的半张小脸。若用满月比喻女孩子的脸,艾理在那张照片上呈现的脸只能算是一弯月牙儿。不细看,连郭砚都没有认出那半个小脸就是艾理。那时他们还没有结婚,艾理给他看照片,让他找出照片上那一群人中的自己,带着一点小得意。后来郭砚告诉她,他就是在她指出照片上那半张小脸时真正爱上了她。那月牙儿一般藏在女影星秀发旁边的小脸,也是艾理和名人唯一一次近距离的接触。郭砚将照片放大挂在家里,有客人来他就让人家猜艾理在照片上的位置。艾理闪在郭砚身后娇嗔又知足地笑着,如老话说的,知足者常乐。

现在,郭砚和马端端共同带给了艾理持续的不快、焦虑,以及凄厉的疼痛感。可她从来没有和他吵过,在他眼里,她是个知情达理的女人。她几乎是独自把儿子带大,月子里都坚持没请保姆。儿子断奶之前夜里经常啼哭不止,为了让郭砚睡好,她抱着儿子整夜在房间里散步。如今她仍然愿意保持这种形象:知情达理,从不添乱。有段时间她还希望郭砚"乱"过一阵就会平静如初。人心是叵测的,谁能保证自己的心终生不乱?她见过他的烦乱:坐在家里骂一阵哪位讨厌的客户,过后给人家打电话,还得赔上一副对方看不见的笑脸。他对她讲起过为一个别墅做设计时,那家年轻而跋扈的女主人是如何动不动就打断他的话叫他"闭嘴"。那一声声粗鲁的"闭嘴"尖锐地刺伤着他的自尊,使艾理再次想到,所谓不添乱也包括别在这种时候去烦扰他。可是，那铺张在心底的厚重的阴霾实在难以驱散。而且，近几个月来，她越是显出知情达理，他就越是一意孤行，仿佛以此来嘲弄她那貌似的知情达理，或者是心虚而又固执地利用着她的知情达理。

在这个五月的节日里，当艾理坐在小镇桥头向陌生的剪纸艺人描述丈夫的五官时，仿佛是老派的剪刀和夺目的红纸破开了她心中的顽结，长久以来的恍惚和怨愤顷刻退去，一股巨大的柔情突然随着她的描述奔涌而出，她清楚地意识到这不能是别的，这仍然是爱。坐在回城的大巴上，她决定晚上和郭砚见面时就把要说的都说出来。

2

他们面对面坐在尚显空荡的厨房里吃鸡，艾理从镇上带回来的那只石锅烧鸡。

这是远郊一个尚未完全竣工的温泉新区，郭砚在这里按揭了一套两居室的小公寓，并精心做了装修——他本来就是家装设计师。热衷于料理家庭的艾理当初对这房子满怀热情，最近几个月她赌气似的冷落了它。她迟迟不买家具，只在厨房摆了一张餐桌和两把木椅。今晚她提议和郭砚来这儿,是执意要唤起一种气氛,一种他们共同创造生活的气氛。但是这次郭砚并不情愿。从城里到这儿,开车用了近一个小时,路上他不断接着电话,都是客户打来的。一个人说德国铝包木窗户造价太高,要改成国产断桥铝合金的。又一个人说他不喜欢郭砚给他设计的彩色喷涂客厅吊顶,像个教堂。

他用电壶烧水,泡了两杯绿茶,坐下,呼出一口长气。他说有什么话在家也可以说。

她说这是过节呢。况且这儿也是家。

他说过节你自己不也出去了一天嘛。

她说因为你说过节时你的业务更多。

他说不是"我说",事实如此。很多家庭都是趁着节日假期忙装修。刚才的电话你也都听见了。

她心想也对,就让他尝烧鸡,还给他展开那张剪纸。她想,人一吃点东西,心情就会好些,比如她自己。

他看了一眼剪纸,推到桌边说,你总是喜欢在这种事上耽误时间。

她手里捏着一枚鸡翅尖,咽了口唾沫,有些吃力地说,也许你说得对。可是你不觉得你……在有些事上也耽误了很多时间吗?

他说你是一个不虚心的人。他感到话题正向某个方向引。

她说我愿意就事论事。说完几口把鸡翅吞掉,仿佛这个动作是下一句话的重要引言。

他说比如……

她说比如你们在好几个月里用那么长时间通电话。

他立刻有点烦躁地把身子向后仰去,两条距离相近的眉毛拧得连在了一起。然后他说,谁们?

她双手扶住桌沿借以稳定身体,终于腼腆而艰难地把马端端的名字吐了出来。

他说你知道我们是中学同学。她离婚了一个人从国外回来你不是也挺同情吗?

她说一个离婚的女人长时间找一个已婚男人倾诉苦闷就不再叫人同情,而且也不能说是正常。

他低头盯住自己的指甲说我没觉得有什么不正常。

她发出一个短促的"唔"声,像被噎着似的。

他听见了她的声音,他说你别这么脆弱。你知道我的好多高端客户都是她给介绍的。咱们需要更多的客户,这套按揭的公寓……你以为我愿意伺候他们？那些不是喜欢大理石就是喜欢罗马柱的暴发户们！

她听出了他真实的烦乱，或许她真的不该再去添乱，可是"马端端"这三个字就如同刺进了她的骨头一般令她不悦。这位郭砚中学时的同学每次来访总是化浓妆粘假睫毛，衣着充满戏剧化，好像艾理的家是电视台的一个演播间。是的，马端端出国前在电视台工作过，现在的确有时候会被拉去充当某一档午夜之后家庭心理咨询节目的嘉宾。懂得知情达理的正应该是马端端啊。想到这些，艾理不得不朝着更具体的方向发问，她指出，近来他们每天至少三次以上通话，甚至马端端出国一周都不能耽误两人每晚的定时热线。她说是不是客户们都要定时定点在晚上被她介绍给你呢？

她的话让他听出少有的刻薄，他说你在查我的电话？我们应该相互信任。为什么我从来不看你的电话？为什么我能对你无限信任？

她一阵心酸，觉得十年前、二十年前她都信他这话，但是今天，与其说这叫信任，不如说他没有兴趣。还有什么比丈夫对你没有兴趣更加无趣的事呢。她的手开始不明显地发抖，她拿起盘子里的一块鸡低头啃几口，突然抬起头笑了。

她嚼着鸡，笑着，指着郭砚说，我并不愿意看你的电话，可你，你配得上我不去看吗？我一直、一直、一直在体会着迁就着理解着你的感受你们的感受，请问你体会过我的感受吗你愿意体会一下吗你愿不愿意？她继续笑，一边想起了初中时那尴尬至极的笑场。她知道她要出丑了她已经在出丑，可她欲罢不能。她笑着，头朝着椅子背后仰去，就像要把嘴里的笑声送上天际。接着她唔哩唔哝地说出一个词。他没能听清那个词，她的笑声掩盖了那个词。她说我都不好意思说这个词了我们还需要这个词吗……我们。她淤积已久的愤怒就要爆发了因为她笑了——笑场。

他开始意识到事情的严峻，他终于看见了从前只听她说起过的少年时的那种笑场。这时她那笑声却戛然而止，她的双手猛地紧贴在喉咙上摆成一个"V"字，身体的某个部位发出一阵沉闷而痛苦的"呕呕"声。

是鸡块卡住了她的气管，她的脸扭曲着，哀伤地盯着他。

他吓坏了，抱住她要帮她，给她捶背，为她揉胸口，并试图灌她喝水。可他没有经验，像多数人一样，觉得意外总是发生在别人身上的。他的忙乱是无效的忙乱，她只被折腾得更加痛苦难耐。当她挣扎着从包里掏出手机示意他拨打急救电话时，他才夺过电话，疯了似的拨打了"120"。

这个新区附近没有医院，救护车迟迟不到。他想求助邻居，但这里尚无人家入住。他不能再等，抱起她开车进城。一切都太晚了，艾理因呼吸通道阻塞，在去往医院的路上窒息死亡。

3

七月的一个晚上，郭砚约马端端在那套温泉小公寓见面。这是艾理出事后他们第一次见面。他们对坐在更显空荡的厨房里，陌生，无话。郭砚坐在自己的位置，他把马端端让到那天艾理吃鸡的位置，然后从电脑包里拿出一张报纸在桌上铺开。

他不加人称地说你知道海姆立克急救法吗？

她摇摇头。

他显然恼火她的摇头，又竭力压抑着恼火，但口吻还是有些气急败坏。他说你当然不知道，我这就告诉你。海姆立克是个美国人，胸外科医生，他发明了一种异物卡住气管后的腹部冲击急救法，被称为海姆立克急救法。从上世纪七十年代到今天,美国已经用这种办法成功抢救了近两万人。你知道吗,报纸上有详细介绍,这种急救法操作起来并不困难。可是我,为什么今天才看见这张报纸为什么今天才看见?!

他气急败坏地说完上述话,才抬眼朝马端端望去,像望着一条在鱼缸里休息的大鱼,银龙什么的。

她试探地伸手想拿过报纸,他没有给她。

他把报纸掖到身后,开始背诵海姆立克急救法的原理,在短短的几个小时里他已经将这一整版报纸倒背如流。原理如下:在人的两肺下端残留着一部分气体。如果冲击腹部,可以使残留气体形成一股强烈气流,这股气流长驱直入气管,就能将卡在气管或咽喉部的异物冲出。

他背诵着急救法原理,遥望着对面的女人,有点要拒绝相信他们真的亲近过、热络过。即使她的沧桑与时尚、通达与不羁真的吸引过他,那吸引也只是次要的、多余的吸引。那热络也只是次要的、多余的热络。婚姻之外的业余快乐吧?这个时代好像并不特别谴责似这类的"业余快乐"。他从来没有想过要为此抛弃自己的家庭,不是吗。艾理那天晚上唔哩唔哝说出的那个词到底是什么呢?

他起身走到马端端背后,要她站起来。他的嘴对着她雪白的后脖颈说,我们应该演示一下腹部冲击急救法中的站位法。你被异物卡住了,我是救你的人。

他的嘴吹出的气息又湿又冷,使她的脖子如同淌上一丝冬日里冰凉的清鼻涕。她感到他不是和她商量,而是对她下令。他的胸膛贴住她的后背,他用双手围住她的腰。以往他们缠绵时他也会这样,但是现在他对她腰部的环绕不具备性感,只有些许的……科学感。像医生为病人做检查,或者裁缝给顾客量尺寸。他在她脑后说,方法是这样的:我一手握拳,拇指的一侧抵住你的上腹部,剑突下,也就是肚脐稍上的部位。然后我的另一只手压住握拳的手,往你的腹部做快速向内上方的挤压。现在我要做了你准备好!

他的拳头向她柔软的上腹部捣去,她被捣得打了个嗝儿,身体歪向一边。他将她扶正,站到她对面问她是不是有效。

她大口咽着唾沫,不想说无效,因为那本身就是对他的伤害,她越来越感觉到他体内有一股破坏性的激情。她也不能说有效,因为她的气管里没有异物。

他接着对她说,现在你来。

她并不是特别想来，但这时如果她不响应，仿佛已经背负了一个致命的道德缺陷。她站到他的背后，双手环住他的腰。她没有嗅到人体的气息，突然觉得自己像是一个为塑胶男模换衣服的时装店的女店员。她的脸蹭着他的后背，如同蹭着一件模特身上正要扒下的衣裳。他扭过头重复一遍刚才的动作要领，她照着做了，把拳头捣向他的上腹部。她的拳头太无力，角度尚欠准确。他的身体纹丝不动。

他伸出双手把她环在他腰上的两条胳膊拿掉，就像松开一条皮带。他转过身，嘲弄地看着她说，你这样根本不行，根本救不了命的！

她反驳说，那你呢？

他低吼道，我知道我那样也不行。所以我们要认真！你知道吗要认真！

她重复着他的话说是的，要认真。

她第一次见识了他的认真和急赤白脸的投入，也终于正视了自己和他之间的确是并不认真的，他们之间有过愉悦，一种相互不担责任的愉悦。他不是她的婚姻目标，她的目标远比他要壮大。但她害怕孤单，他填补了她这个阶段的害怕。

直到艾理出事之前，他和她还没有打算点破彼此，或者他们一直默契地逃避着这种点破。就在刚才，她有点惊惧地发现，从人格层面审视，他们对这"默契"的马虎拖延，比他们之间生出真爱更加糟糕。

他们再次开始海姆立克腹部冲击急救的站位法练习，轮流充当着救人者和被救的人。他们互相在对方的腹部上方剑突之下捣着拳头，假如有人站在窗外向这灯火通明的厨房望去，会以为这里正有一场家庭恶战。

她已经有点支撑不住了，他却愈战愈酣。好像只要这么不停止地演练下去那逝去的就能够复活，那流失的就能够追回。他的动作却越来越变形，有一次他竟把拳头打在了她的锁骨上。她就昂然地迎着那变形的拳头，一副死也无憾的架势。

这时他停了下来，他大汗淋漓喘着粗气说我们要来真的。

她借机倒在椅子上缓冲一下情绪，如同溺水者终于上岸。只见他从冰箱里拿出一只裹在保鲜纸里的烧鸡。

他把鸡直接摊开在桌面上，恶狠狠地拽下一条鸡腿。

她这才反应过来，扑上去抢过他手中的鸡腿，连同桌上的烧鸡一块儿向窗外扔去。她说你不能真吃！她的眼神也告诉他：因为，我不能保证用那些动作真能救你。

他大喊着说本来一切不是这样的，本来一切可以不是这样的！

她从他的话里听出了巨大的悲伤和无助，并伴有一种方向不明的谴责。

在一阵死一样的沉默之后，她弯腰捡起那张滑到地上的报纸。她看到在海姆立克急救法的这一版上，除了站位法，还有自救法，两种方法都配有简明的图示。引起她注意的是，图示所画的被异物卡住气管的均是女性，而施救者都是男人。

她把自救法的说明念给他听：根据现场情况，你可以利用椅子靠背、桌子一角等作为支撑物，弯腰把自己的上腹部顶在椅背或桌角，快速、猛烈地按压，压后随即放松，如此反复。必要时也可以将自己的一只手攥成拳头，另一只手握住攥拳的手，快速而猛烈地按压上腹部。

她念完报纸直视着他的眼睛，声音嘶哑地说，也许你和我需要再来做一做这个腹部冲击的自救练习，我们都需要自救！

他说我们还没有学会救人呢——刚才的站位法！

她说你不觉得我们其实连自救都还不会呢吗？

她站起来走到椅子后边，弯腰将上腹抵住椅背使身体和椅背形成直角，然后开始猛烈地挤压自己，就像在迫使自己呕吐，就像要倾倒出五脏六腑中全部的汁液。

他效法她的样子占据了另一只椅子，更深地弯腰将上腹顶住椅背，更猛烈地挤压自己，就像在迫使自己呕吐，就像要倾倒出五脏六腑中全部的汁液。他又以拳头击打剑突处，出手很重，真正是在捶胸顿足。他头颅下垂，眼睛血红，太阳穴的青筋嘣嘣跳着，他感到一股又一股凄苦而悲凉的气浪踉跄着从体内冲出，伴随着无望的只有他自己听得见的哀号。他从来也没有像此刻这样揪心地渴望艾理，卡住她气管的真是鸡骨吗，还是他再也没有机会听清的那个词？他不敢回想她那鸡骨在喉的惊惧而歪扭的脸，眼前只有那张时光久远的放大照片上，女影星旁边她那隐在暗处的月牙儿般的面孔，一个较真儿的、让人心碎的面孔。他于是更深地意识到，他在箭一般的岁月里不断迷失着救人的本能，他在很多年里也已不再有自救的准备。

一个星期后他卖掉了公寓。

4

马端端坐在小镇的桥头,她找到了桥上那个剪纸老艺人。是秋天的一个隆重节日,因为假期更长,游客就更多。

老者问她剪正面还是侧面,她掏出一张剪纸递过去,是艾理为郭砚口述的那帧肖像。郭砚约她演习海姆立克急救法的晚上,她在厨房的餐桌下发现了它,一张被忽略的、落满灰尘的剪纸。

老者认出这件作品,得意于自己的广告意识:他不忘在每张剪纸背面都签上自己的姓名和地址,这不是嘛,回头客就来了。

他说你是想照原样再剪一张?

她说是剪双人的,这张上面还缺位女士。

他说你的意思是你们夫妻合影?

她说不是"我们",是"他们"。

他富有经验地说噢,问她是否带着照片。

她说没有。

他提醒说手机里也没存着?

她肯定地摇摇头。

他请她口述女方的样子，他好试着剪一个。

她开始描述，描述得很细致，像急着刊登寻人启事，又觉得是在顶替郭砚呼叫艾理。温泉公寓的那个晚上，他们没能证明他们对海姆立克急救法的演练是成功的。她只在那个时刻见证了郭砚的最重要的感情，她推断就连他自己也未必分辨得清。她不知那是源于他的脆弱还是自大，正好比她也并不明了自己那"壮大"的婚姻目标到底是什么。

老者剪好合影请马端端过目。她捧着刀法简洁、粗犷的作品观看，剪纸上是一对没有鼻子的男女，单纯，美艳，明净。

当她付过钱起身下桥时，看见一个曾经熟悉的男人正倚桥而立，弯着腰将上腹部死死抵住青石桥栏。他长时间地把头探向桥下平缓的水流，就好像水面上正发生着什么惹人注目的事情。受了他那姿势的吸引，已经有过路游客停住脚和他一同朝桥下张望。

她不准备打扰那个男人，只在心里猜测着，那些围在他身边同时向桥下张望的人，还有谁知道他那种姿势叫作海姆立克腹部冲击自救法。

2011年3月7日

飞行酿酒师

这是华灯初上的时刻，无名氏站在凯特大厦 21 层他的公寓落地窗前，垂着眼皮观望地面上如河水一般的车流，等待会长陪同酿酒师来访。

华灯初上，车灯们也哗啦啦亮起来。城市的灯火是这样密集、晶莹如香槟的泡沫。这个形容的发明权不属于无名氏，他是从多少年前读过的一本外国小说里搬来的。当时他正在旧金山飞往北京的飞机上，北京机场四周的漆黑和沉寂，与旧金山璀璨的灯火形成那么鲜明的对比。如今，虽然沉寂和漆黑已经远离北京，无名氏脚下也流淌起香槟泡沫般的灯火。但是，和香槟的泡沫比较，无名氏更喜欢"华灯初上"这个词，他觉得这词里洋溢着并不泛滥的勃勃生机，有试探性的兴奋和一点端庄。好比他现在的状态，一个初饮者的精神状态。对了，初饮，无名氏谦虚地给自己这样定位。

这阵子他正对红酒产生兴趣。他买了一些红酒，买了关于红酒的书，跟着书上的介绍喝了一些，还叫人在他那个刚刚启用的四合院里挖了个储酒量为八千瓶的自动监控温度、湿度的酒窖。

最初，他这一系列行为的确含有赶潮流的成分。他在京城胡同保护区内的四合院的市值不会少于两个亿；这幢凯特大厦地处北京东部，离"国贸"和金宝街都不远，算是好地段。他的投资公司最近的两个项目——西北的天然气和苏南的一个自主研发中的海水淡化处理都有不俗的前景。在偌大个北京城，无名氏说不上是富人，可你又断不能把他划归为穷人。他身不由己地卷进了潮流之中，在一些隆重或不隆重的场合，喝着"拉图""马高""奥比昂"以及宛若传说的红酒之王"罗曼尼·康帝"，听熟人们说着他们品出了酒里的马厩味儿、烟熏味儿、甘草味儿、巧克力味儿、皮革味儿、黑胡椒味儿、矿石味儿，以及樱桃味儿、蔬菜味儿什么的，常常自惭形秽。因为老实说，他没从酒里喝出过这些个味道。他知道自己酒龄尚浅，初饮者都浅。但并不是所有初饮者的感受力都浅，比如像无名氏这样的人。有时候他也起疑，对那些刚喝一口当年的新酒就声称喝出了马厩或者雪松木味儿的人。新近认识的在波尔多酒庄干过力气活儿的小司告诉他，那些味道都是第三层香气，属于有年头的酒。

门铃响起，来人是小司。这是个偏胖的青年，四十岁左右，在一间职业学院教餐饮的讲师。他在法国读书时学的是发酵，曾经在波尔多地区的一个小酒庄实习过一年。熟人把他介绍给无名氏的时候，特别强调了他的这段经历，似乎在这样的人身上，才能真正找到酿酒的气息。前不久，春节之后，无名氏从小司手中买了两个水缸大的法国橡木桶，用来装饰自己的酒窖，或者叫作烘托酒窖的气氛。那是两个废弃的旧桶，无名氏遵照小司的指点，让人先用盐水把桶泡了四十八小时，为的是防止开裂。当然，小司说法国的橡木桶柔性好，不像美国的，木质虽密，可是又硬又糙，很容易裂。

小司受无名氏邀请前来。无名氏在和酿酒师见面时，愿意身边有个也懂一点酒的人。但小司精神有些不振，左手背上贴了块橡皮膏。他对无名氏说，昨天朋友请吃法国空运来的牡蛎，结果吃坏了肚子，现在是刚从医院输完液出来。

无名氏歉意地说那真是不巧，会长昨天就订好了菜单，楼下总统府的。一会儿据说酿酒师还会带几款他自酿的红酒。可你的肠胃恐怕得强迫你休息了。

小司一听总统府的菜却又来了精神，不愧是搞餐饮教学的，食不厌精。他知道这家设在大厦五层的粤菜馆，名称有点霸气，菜式却还精致。他说无总您还真是用了心啊，中国人不习惯以奶酪配红酒，最恰当的菜还就是粤菜。

无名氏立刻强调说为了今天的聚会，他也准备了奶酪，意大利的托斯卡纳毕可利羊奶酪。太硬，不好切，得拿刨子刨。他说这样倒也漂亮，刨出来像木匠手下的刨花似的。关于这羊奶酪给他的感受，他没有告诉小司。因为，又腥又骚，他实在难以下咽。他领着小司在这公寓的敞开式厨房里看了奶酪，以及若干只一尘不染的红酒杯：波尔多杯，勃艮第杯——也就是俗称的郁金香杯。小司提醒说别忘了香槟杯。他的食欲已经被调动起来，丝毫不打算倾听肠胃的抗议。

这时房间里的电话响了，是会长打来的。他向无名氏道着对不起说，酿酒师早晨还在库尔勒，飞机晚点了，现在刚出机场，可能晚到半个小时。无名氏对会长的话将信将疑，会长是他大学的学兄，他对会长的脾气秉性略知一二。所以他更愿意相信那句话：名角出场总会迟些。不过无名氏有这个等待的耐心,以他对红酒有限的了解,他觉得喜欢品酒和喜欢酿酒的人首先得是些有耐心的人。他和小司一人占据了一张可以按摩的功能沙发坐下,他把这感受讲给小司,顺带夸奖了小司那两个橡木桶,说是放进酒窖后依然散发着幽幽的酒香和木香。

小司说无总,我那些学生要是都像您这样就好了。他抱怨他的学生们根本不爱品酒酿酒,舌头不行啊,接受力太窄,就知道冰酒好喝,甜。他说原以为一线大城市的学生会好些,可职业学院的生源都是延庆、怀柔那一带的,从小饮食就单调,酿酒基本没戏。我跟他们说我在法国学酿酒时要先在葡萄园干活儿,搬橡木桶,一手夹一个,有时候一天搬七八百个。赶上几十年的葡萄藤死了,根子很深,深到几米以下,你也得去出力气挖葡萄藤。那些根子太深的老藤得用绞车起出来,累得我一晚上一晚上的懒得说话。再看看那些酿酒师的手,因为常年接触酸,都是又干又裂。我给家里写信说闹了半天学酿酒得先当农民啊。无总您说到耐心,我的这些学生谁有那份耐心,听听都烦死了。所以他们的出路也就是侍酒员吧。

无名氏说侍酒员也需要多种历练,怎么向客人介绍和推销酒，不也是学问么。

小司说对对对，一般的侍酒员至少要高级经验和市井经验兼而有之，好的侍酒师是很受人尊敬的。

无名氏听小司说了一阵子侍酒师的培养，玩味着"高级经验"和"市井经验"，门铃又响了。这次是会长和酿酒师，二人身后还有一位女士，会长介绍说她是酿酒师的太太。

酿酒师是个五十多岁的黑脸男人，厚嘴唇有点松弛地下撇，显出对俗世的不满意。无名氏一边热情地上前握手，一边猜测酿酒师的肤色定是沐浴了库尔勒慷慨的阳光。但当他触到酿酒师的手时，那手的绵软却超出了他的想象。他刚刚听小司讲起，酿酒师的手大都干而粗糙。

酿酒师的太太看上去比丈夫年轻不少，无名氏注意到她的酒晕妆——腮红和眼影像是蘸着红酒蹭出来的，不愧是酿酒师的夫人。酿酒师调侃地对无名氏说，您一定是吃惊我太太比我年轻得多吧？可我不是二婚，我们同岁，元配。老实说，她的生日比我还大一个月呢。

会长接着说，是啊是啊，这就是红酒的魔力。大地、阳光、空气、果实的迸裂、汁液……人无限地亲近这些怎么会不年轻呢！会长退休前是一家食品杂志的副主编，退休后做了一个什么会的会长。无名氏从来也不知道那是个什么会，总之是和吃喝有关的会吧。只见会长环顾四周又问无名氏说：弟妹呢？不参加今天的聚会？

无名氏说她不参加。这个地方，怎么说呢，家人并不常来，这是我工作和发呆之处。我在这儿谈项目、聊天……还有接客。

无名氏把"接客"说得干脆而率真，他那时的表情甚至可以说是憨厚的，惹得众人一阵大笑，情绪不振的小司也笑起来。无名氏顺便把小司介绍给大家，他不提小司在波尔多葡萄园干活儿的事，只说这也是一个喜欢红酒的年轻人。小司客气地向各位点过头，就在无名氏的吩咐下去醒红酒，开香槟——一款名为"库克"的香槟。其时，楼下总统府的两位犹如双胞胎似的白面男性侍者已经进得门来布置餐台摆放餐具，影子一样地轻灵并且无声。

开餐之前，无名氏请客人品尝香槟。他希望客人对这款"库克"说点什么，毕竟，今天的聚会是因酒而起。可是除了酿酒师太太举着细长的杯子将酒体衬着一张雪白的餐巾纸夸了这"库克"颜色白中透着浅绿，美丽无比，其他人的注意力都在别处。

酿酒师捏着香槟杯的杯颈毫不客气地在这套公寓里逡巡。他先是奔到落地窗前观赏了一下脚下的大街和远处楼的森林,接着猛回身向无名氏感叹道,现在我知道您为什么选择21层了。21世纪呀!您真正是站在21世纪的成功人士,这不,连总统府都在您脚下踩着呢。而我们这些人——噢,我不敢包括会长,我们的肉身跨过来了,灵魂在哪儿只有天知道。如果我猜得不错,这房子的使用面积应该在三百平方米。他边说边把开着门的房间都看了一遍,仿佛是被中介公司带着看房的买主。遇见有意思的东西他也会随时发表评论,他拎起一件搭在沙发上的羊绒外套说,"康纳利"!我就猜到无总您会穿"康纳利"。奥巴马喜欢的牌子啊。可惜大多数人不识货,去年我一个老同学——在库尔勒开发葡萄庄园的,送我一件康纳利衬衫,您猜会长看见怎么说?他说这是哪个厂发给你的工作服啊。

会长呵呵笑着不搭腔,无名氏想起会长在大学时的风范——破衣落索的。可是会长讲吃,他们的大学时代正是中国的思想解放时代,人们的食欲好像也随着思想的解放而解放开来。那时西餐在中国尚未普及,会长那时就热衷于尝试西餐,常在周末把几个要好的同学召至宿舍对西餐展开切磋，同学中就包括低他两个年级的无名氏。无名氏生就一张喜盈盈的娃娃脸和一副善于自嘲的姿态。比如说到出身，他坦陈自己不过是江南小镇一小吏之子，并不忘解释：吏，旧时没有品级的小公务员而已。他没有更多可炫耀的资本，但这并不意味着他不想为前程付出更多的努力。因了他的温和与自嘲，高班同学和低年级同学都乐意和他交往。有一天会长做了一道奶油蘑菇浓汤请大家品尝。他所谓的奶油浓汤就是奶粉加淀粉加大量味精再撒几片罐头蘑菇。无名氏也在被邀请之列。他怀着虔诚的心情喝下第一口，强忍着恶心才没有呕吐出来。环顾四周，几位同学都在沉默不语地喝汤，不交换眼色，也无人开口赞扬。会长嚷嚷着逼大家表态，一个绰号"高原红"的西北男生突然把勺子往搪瓷茶缸里一放，愁苦而勇敢地说，饿（我）喝不惯，饿实在是喝不惯！"高原红"的宣言解放了众人，无名氏记得宿舍里先是爆发出一阵大笑，接着大家全都放下了饭盆。

此时此刻，无名氏看着仍然不讲究衣着的会长，忍不住跟他提起大学时代的那次喝汤，问他是不是还记得那个"高原红"。会长说当然记得："饿喝不惯，饿实在是喝不惯！"都弄成校园流行语了，好比如今春晚过后就会有个把句子成为年度流行语似的。不过那时候我那西餐纯粹瞎胡闹，也就是欺负你们都没喝过真正的奶油蘑菇浓汤罢了。各位，酒醒得差不多了，是不是可以入座了。会长仍然像当年那样张张罗罗的，就像是这间公寓的主人——本来，他也可以说是这次聚会的发起者。眼下他和酿酒师有一种合作，他们游说一些赶着红酒时髦的有钱人在库尔勒投资葡萄庄园。

终于说到了酒。先品酿酒师带来的自酿酒。酿酒师太太客气地谢过那两位白面侍者，从其中一位手里接过醒酒器，亲自为大家斟酒。白面侍者立即退至不惹眼处，职业性地垂手侍立。

无名氏持住杯颈，观察酒体深闻酒香，他静下心，尝了第一口。就算他的酒龄如此之浅，和在座各位相比他应该是个怯场者；就算他真的怯场，他还是品出了这款酒色暗红、果香味丰富的自酿酒的高雅气质。它讨喜，柔顺却并不通俗，味道十分集中。他观察左手边的小司，小司的表情是沉吟中的肯定。无名氏有几分惊喜地对酿酒师说，不知道这酒是在哪里酿出来的，北京附近？听说密云有块地最适合。这酒有名字吗？也许是出自库尔勒？你们不是一直在说库尔勒么。他说着轻轻一抬手，两位侍者之一迅疾将倒空的酒瓶递上,却原来这是一只没有酒标的"裸瓶"。无名氏拿过酒瓶看看瓶身又抠抠深凹的瓶底,继续他的提问:这么好的酒怎么没有名字呢?

酿酒师矜持地说,在我看来,世界上没有名字的酒才有可能是酒中珍品。那些名声震天的你能喝吗?比如拉菲。你喝你就是土老财。当然,我不否认这都是让国人给闹的,你比方卡迪亚表不错吧,可现在成了二奶表的代名词。

会长说得了你也别太卖关子,快把你这酒名告诉无总。

无名氏说还是有个名字啊。

酿酒师说我这是被逼无奈,这酒名叫"学院风"。

学院风。无名氏说。

学院风。会长说。

学院风啊。无名氏几乎抒起情来。他觉得这名字很有趣,他由风还想到风土。他更心仪"风土"这个词。他觉得人的根系如同葡萄的根系一样,都是和风土相联的,有风而无土那不就成风筝了吗?风土,还不如叫学院风土呢。但是学院和风土又有何相干?

会长适时把酿酒师再做介绍,他说酿酒师原是农学院果木栽培的教授,擅长化验,一种酒他能给你化验出好几十种酵母。

可酒是酿出来的，不是化验出来的啊。一直闷着头吃冷盘的小司突然说。

酿酒师显然没把这个胖乎乎的年轻人放在眼里，他对无名氏说，世界上最著名的葡萄庄园我都去过，上星期还陪一个国企的副总去智利买了酒庄。中国，不客气说，目前最理想的葡萄种植地就是库尔勒。你可能不相信吧，我爱那地方，三年之内我飞了一百多趟。

一百多趟，这的确是个有规模的飞行数字，可是酿酒师用什么时间酿酒呢？

无名氏还是对酿酒感兴趣。他希望酿酒师对他做些酒的启蒙，比如眼下这款"学院风"的特点，是什么葡萄酿出来的，他该怎样欣赏它。这时酿酒师身上的手机响了，他起身离席接电话，一迭声地叫着"董事长"。电话那边好像答应了什么事，请他提供账号。当他回到饭桌时，面带兴奋地搓着双手。他不提葡萄，只讲库尔勒的旅游资源，博斯腾湖、巴音布鲁克草原、罗布泊、楼兰古城探险什么的。酿酒师太太也不失时机地做些补充。她说那地方就是仙境，什么烦恼一到那儿都会化掉，包括疾病。她说她和当地的女孩子们跳舞都跳好了颈椎病。她说着,像维吾尔族姑娘那样灵活地动起了脖子,动脖子是维吾尔族舞蹈的一个基础动作。以她看上去的年龄,她的这个动作并不讨嫌,也可以说还有几分质朴的天真。本来无名氏已经开始有点厌烦酿酒师的做派,但是酿酒师太太的掺和削弱了这种厌烦。无名氏不禁想到一种名为小维铎的葡萄品种,独立不成气候,可它的单宁味和辛辣味都足,既清新又复杂,对于掺和有着画龙点睛之妙。无名氏了解到,波尔多列级酒庄的很多酒都需要小维铎的掺和。他于是坚持问酿酒师"学院风"是用什么葡萄酿成。

葡萄?是的,葡萄。酿酒师喃喃着,仿佛主人在向他提起一件早年模糊的旧事。

会长救场似的对无名氏说,学院风就出自库尔勒的葡萄啊。那儿,有人已经许给酿酒师两百亩地,种什么葡萄都绰绰有余。

无名氏说你的意思是那儿有了地还没有葡萄?

会长说有、有,新疆哪儿找不着葡萄啊。

无名氏说我可听说酿好酒需要有年头的葡萄。鲜食葡萄和酿酒葡萄也不是一回事。法国那些名庄的葡萄藤至少是二三十年以上的。

酿酒师自负地拖着长声说，用——不——着。您还会说那些名庄的酒不都得酿个一两年么。我告诉您，根本用不着。这款"学院风"我就用了一个星期，我有化学方法，快得很。您也尝了，不输给他们吧。

无名氏又喝了一口"学院风"，他不改初衷：这的确是一款相当不错的酒——特别是，假如它真出自酿酒师在库尔勒的化学酿造。

酿酒师趁着无名氏的兴致鼓动似的说，他和几个朋友打算把那两百亩地分割成小块建若干幢别墅，无名氏——无总有兴趣可以参与，钱不用多投，五百万就行。五百万，在北京能干什么呀。在库尔勒，您就可以有自己的葡萄庄园。您想亲自酿酒，您想摘葡萄，您想旅游，直飞库尔勒了。平时我们给您看着房，游客来也租给他们住，何乐而不为。

无名氏听明白了，怨不得酿酒师不喜欢谈酿酒呢，而且有点憎恨葡萄。再多提葡萄和酒，说不定他能跟你急。可是无名氏不想将五百万扔在酿酒师的这个建房项目里，虽然这的确不是大钱，那他也不乐意。他的直觉还使他渐渐生出一种索然无味之感，他干脆转移话题请客人关注一下餐桌上的粤菜。他强调说，菜单是会长订的，诸位不喜欢请直接声讨会长。

侍者为每人端上一只紫砂炖盅，无名氏掀起盖子，见盅内一汪清香的鸡汤里卧着一只肚子滚圆的乳鸽。无名氏正在纳闷儿小小乳鸽何以能把肚子撑得如门钉豆包那么大，会长已经在为大家解释这道菜。他说这道菜名叫"鸽包燕"，它不属于粤菜，是总统府的独家创新。具体讲就是烹调之前将乳鸽的肚子里灌满燕窝——血燕啊。各位想想这"鸽包燕"的营养价值吧。

率先向"鸽包燕"下筷子的是小司，他以按捺不住的激情夹起似要爆炸的鸽子，内行地鉴定了它的肚子完好无损，这说明燕窝真的是从鸽子嘴里灌进去的而不是剖开肚子塞进去的。想到乳鸽的小嘴竟能被强迫灌进比它整个体积都大的一团燕窝，小司刹那间还生出一种恶狠狠的快感。他一口咬去乳鸽的半个肚子，果然有燕窝丝丝缕缕掉出来，他品尝到鲜美和愚昧。

无名氏也咬了一口鸽子，但他显然对会长点的这个噱头菜不以为然。他说我不明白总统府的人干吗要折磨一只鸽子呢？我下嘴的时候只觉得自己的肚子都气鼓鼓的。

酿酒师太太附和说是啊，我一见它给撑得翻着白眼耷拉着细脖儿我就头晕。请原谅我就不动这"鸽包燕"了。我这可不是有意让会长您为难。她说完拿起一片托斯卡纳羊奶酪嚼起来，她不讨厌它。

早就将自己那份"鸽包燕"吃喝一空的酿酒师抢白太太说，你以为那燕窝是鸽子活着灌的呀？那是它死后才塞进去的，所以，它——不——痛——苦。酿酒师边说边把话题又拉回到库尔勒的五百万别墅投资，虽然，凭了他的直觉，他已经感到这位无名氏不会轻易将五百万人民币撒在那遥远的库尔勒。这已经让他有一种预先的怏怏然，继而还有几分愠怒——对无名氏这等富人（他以为的），难道不是谁都可以愠怒么。刚才在地下车库停车时他已经愠怒过，为他的"帕萨特"强挤进"宾利""奔驰""宝马""路虎"什么的中间感到愠怒和不平。可现在他还得强压下愠怒再次邀请无名氏投资库尔勒的庄园，他并且带有怂恿意味地说，一个如无总这般酷爱红酒的人怎么可以没有自己的葡萄酒庄呢。

无名氏却打哈哈似的说，酒盲，酒盲啊，我其实是个感觉迟钝的酒盲。等我再有点进步，咱们再去梦想那些个庄园。

说完他举杯向酿酒师的美酒致意。

这时酿酒师的电话又响了，这次他身不离席，就坐在那儿大声接起电话，仿佛因了无名氏的拒绝，因了自己白白浪费的一个晚上和白搭上的一瓶好酒，他已经无须再表演社交的礼貌。这个电话大意是对方要他和会长当晚飞一趟温州，一位做领带的老板刚从意大利回来，只有明天早晨有空，可以与他们共进早餐谈库尔勒投资的事。

这是一个及时而有面子的电话,酿酒师站起来快速告辞，一边得意地抱怨着说，最近我一直睡眠不足，就是这样的事闹的。你看，温州的老板都追上门来找。他在"追"字上加重着语气。

无名氏则把一瓶2003年份的"拉图"送到酿酒师太太手中，也算是个礼貌。他不想欠酿酒师的人情。太太推辞不要，会长替她接过来说，跟他客气什么呀，这个好年份的酒你还不要？不要白不要。临出门他又扭回头悄声对无名氏说，学弟，我知道你今晚没有尽兴，过几天我保证再给你找一个专讲酿酒的行家，咱们不许他说别的！

眨眼之间公寓里只剩下无名氏和小司，面对着一桌陆续上齐的粤菜。无名氏叹了口气，有点为酿酒师的才华感到可惜。不管怎么说，酿酒师带来的那款酒的确不凡。他把这可惜感告诉小司，正忙着吃菜的小司从一堆盘子里抬起头来说，无总，我倒没觉得可惜，反正那款酒也不是他酿的。

无名氏说你们这叫同行是冤家吧？

小司说，如果我的舌头没出问题，他那瓶"学院风"应该是二〇〇八年左右的拉兰伯爵副牌——拉兰女爵。

无名氏说这可涉及一个人的品质，你怎么能断定呢？

小司毫不犹豫地说，因为，我也这么干过。

他直视着无名氏，丝毫没有为"品质"二字感到不安。无名氏甚至从他的眼神里觉察出某种以攻为守的硬冷。

小司的眼神的确显得硬冷，也许他是觉得和无名氏这种人谈不着什么品质。说到品质，谁知道他们这些人的第一桶金是怎么来的？无名氏曾经对他讲起前不久喝过"罗曼尼·康帝"，那可是酒中皇帝啊，产量极低，年产不超过六千瓶。小司相信中国的大部分酿酒师都无缘品尝罗曼尼·康帝。而无名氏他们却敢在谈笑中就把这样的极品灌进肚子。

无名氏一边庆幸自己没有盲从酿酒师的蛊惑，一边从桌上够过醒酒器，把剩余的拉兰女爵倒入自己杯中。既然他们不能再涉及人的"品质",他还是想让懂酒的小司给他讲讲这款来自波尔多梅铎地区的、他尚未听说过的新酒的品质。小司却突然向他发问道:无总,刚才酿酒师太太没动的那盅鸽包燕呢?别浪费了。

无名氏起身从厨房的配餐台上为小司端来酿酒师太太的那份"鸽包燕",小司埋头便吃,并不掩饰他的兴致。吃着,也不忘照顾一下无名氏的情绪。他说其实除了教课,他在三里屯还有一个小酒吧,也兼营法国红酒——只卖法国的。无总可以从他那儿订酒,不必太贵的,奥比昂就不错,在五大酒庄里价格最低,挺值得收藏。噢,我得走了,过去照顾一下我的酒吧,十二点之后那儿才热闹。

无名氏却没有眼色地还是追问小司,拉兰女爵的葡萄品种里有没有小维铎的掺和?

小司懒洋洋地,也可以说是仗着一点酒劲儿说,无总,您是不是觉得您有钱有闲就可以把一个大活人扣在这儿没完没了地陪您聊酿酒啊?他说着费劲地站起来,往门厅挪起步子。

恍惚之间,无名氏就像看见了一只无限放大的肚子里塞满燕窝的巨型乳鸽正在起飞。

也还有一些场景是无名氏不曾看见的,比如酿酒师夫妇告辞之后乘电梯到地下车库取车时的一个小情景：他们的"帕萨特"旁边是一辆轿跑两用的"奔驰"。酿酒师掏出钥匙开车门之前，有意无意地用钥匙在奔驰车身上划了一下子。太太和会长都没有发觉他这个动作，只有他自己明晰地看见"奔驰"身上突显出一道触目的划痕，他那颗愠怒的心终于平静了许多。

    午夜时分，无名氏一个人在公寓里呆坐。今晚的这场"接客"弄得他有点累。这位接客者本来以为自己会离葡萄酒越来越近，可他又分明正在远离它。他干吗要选个21层作公寓呢？太高了。而他那四合院里的酒窖又太深。他在这两个高度当中沉浮，就仿佛不知深浅了。这让他突然很想和从前的那个老同学"高原红"通个电话，他很想听"高原红"再对他说一句"饿喝不惯，饿实在是喝不惯！"他不管不顾地找出几年前"高原红"的号码，拿起电话就拨。

    他听到了一个不断重复的声音：您拨打的电话号码不存在,请查证后再拨。您拨打的电话号码不存在,请查证后再拨。

2011年4月18日

告 别 语

这是二楼闲置的一间客房，窗子朝北，窗外是邻居的前院。朱丽每次来舅舅家，都会住这间。

前几次，朱丽没怎么留意这个房间。她常常是一大早就出门购物，秀水街啊，"上品折扣"啊，后来又增加了动物园的服装批发市场。那儿的东西"潮"，便宜，唬人，回到她的城市穿戴起来，至少六个月内不会过时。要么就是表姐、表弟轮流带她出去吃东西，一吃就到半夜。有一回吃一种名为"变态辣"的火锅，她被辣得痛哭流涕，第二天红肿着眼泡，又跟着舅妈吃"鼎泰丰"的包子去了。客房，噢，客房只是她睡觉和存放购物收获之处，每次离开舅舅家时，客房壁橱里都堆着一些被她遗弃的装衣服的纸袋子。客房穿衣镜上，也有她不小心蹭上的口红。

和朱丽生长的中原小城相比，北京的吸引力不言而喻。

北京的舅舅对朱丽也很疼爱，每次她来，舅舅都会给她一些钱，说，去吧，买点什么。更多的话，舅舅也没有了。舅舅开着一些砖厂，福建、广东都有他的企业。朱丽想，舅舅家的这栋别墅，就是卖砖挣来的吧？舅舅给钱她就要，虽然她已经挣钱养活自己。在她眼里，舅舅是个趣味狭窄的人，除了砖，他眼里又有什么呀。什么劈开砖呀，手工砖呀，窑变砖呀，渗水砖呀……家里的一些角落冷不丁就会出现几块红的黄的砖的样品，舅舅的电话也都是和订砖、烧砖有关。中国到处都在盖房，舅舅不愁他的砖卖不出去。只是，舅舅的房子太大，舅舅的语汇太少。朱丽常常依照某些电视剧的场景比对现实，心里对舅舅的单调生活不满意，却从不流露这不满意。说到底，她拿了舅舅给的钱去购物，那钱不也是卖砖换来的么。所以她花得也还谨慎，从不敢同表姐他们比着去"燕莎""国贸"或者"新光天地"那种地方。

朱丽留意起客房，是这次来舅舅家之后。这次和往常不同，朱丽是逃婚而来，或者用流行的话说，这次的朱丽是个"落跑新娘"。她在结婚的当天，在婚礼上突然扔下新郎就跑了。因为跑得急，只带了手机和够买一张火车票的零钱。她跑到北京,打算先在舅舅家躲一阵子,然后怎么办,她也不知道。朱丽母亲把电话打到舅舅家,双方互通消息,那边知道了女儿的下落,这边也知道了事情经过。舅舅安慰朱丽说,若是婆家人来找,有舅舅挡着。朱丽眼前立刻出现一个拎着板砖随时准备拍人的舅舅——舅舅身边最不缺砖。朱丽有点感动,想到每次来北京只顾花舅舅的钱,从来没给舅舅买过东西。又想起,每次离开北京回家,也没给母亲和男朋友买过一样东西。带回去的礼物都是舅妈准备的,她只负责拿上东西就走,客气话都没有讲过一句,最多只道一声:"舅舅舅妈,那我就走了啊。"原来朱丽的语汇也很单调。

这一次,携了这样的事情来投亲,朱丽又沮丧又难为情。舅舅全家商定,事情既已发生,先别急着刨根问底,还是让她一个人先静一静。她这一"静",将近两个星期了。从前她来北京是早出晚归,这次哪儿都不去,关了手机,也不见人,整天在客房里躺着,只在吃饭时才下楼。开始都是保姆上楼来叫,叫了七八天,朱丽听出保姆音调的懈怠,才觉出自己毕竟只是个寄居在这里的亲戚,又无所事事,近似食客吧。她就不再让保姆叫,改为主动下楼等开饭了。

吃完饭回到房间，朱丽会立刻上床，仿佛人一躺下，就任谁也不能把她怎么样了。虽然这么多天了，并没有人闯入客房，将她从床上揪起来。一次，躺下的朱丽手往肚子上一搭，感到不好，半个月时间足不出户，把小肚子吃出来了。就在不久前，为了穿婚纱，她可是足足减了两个月的肥。早知如此，何必当初？若没有当初，她又何必苦着自己去减肥呢，本来她并不肥胖。减了肥，又没真正派上用场，这又何必？这些"何必"来"何必"去的连环扣似的思绪无力且无味，一遍遍洇过朱丽的脑子，像冲过多少遍的茶。朱丽常在这时闭眼假寐，有时真的睡着了；有时，邻居一些喧闹的声音从窗外传来，异常清晰，如响在耳边，让她意识到，敢情声音是向上走的。二楼的这间客房，似乎格外便于收集声音。从前她怎么没有发现？

她翻个身，窗外的声音还在继续，像是主人出来送客，一些男人、女人的寒暄，还有主人对孩子的提醒："小宝，和叔叔阿姨说再见。小宝，和叔叔阿姨说拜拜！"之后是短促的安静，大人们都在等候这位小宝的"再见"或者"拜拜"。可是，名叫小宝的孩子似乎不乐意合作，朱丽迟迟没有听见由孩子口中发出的告别之声。接着就是客人们的打圆场了："小宝还认生呢是吧？小宝心里已经跟我们说再见了是吧……"

客人终于离去，院里又响起哪个大人的声音，是埋怨小宝的：

"唉，这孩子！唉，这孩子！"仍旧没有小宝的回应。这个叫小宝的孩子，就像拗住了一股劲，引得躺在床上的朱丽竟忍不住翻身起来，走到窗前向邻居家的院子张望。反正，躺着也是躺着。

在邻家的门廊下，站着一个四岁左右的小男孩，应该就是那位死不开口的小宝了。刚才朱丽曾经把他想象成电视"达人秀"里那个著名的四岁男孩，那孩子也叫小宝，在舞台上古怪精灵地模仿着迈克尔·杰克逊迷人的太空步。但门廊下的小宝完全不同于电视屏幕上的那个小宝，这个小宝长相普通，大脑门，肉眼泡，身穿天蓝色儿童版"耐克"T恤和短裤，脚上是一双白色人字拖鞋。刚才催促他对客人说再见的大人们不在廊下了，想必回了房间。他身后只有个大脸盘的胖姑娘，显然是保姆。保姆唤小宝进屋，小宝却要保姆陪他去抓蜗牛，"蜗牛！蜗牛！"他边说边拽着保姆的衣服往水边走。朱丽看见，在院子西侧起伏的草坪上，有一条蜿蜒成"S"状的人工水系，不远处还有一只带绿白条纹遮阳棚的双人锻铁摇椅。她目送着小宝和保姆终于在水边蹲下，才离开窗口复又回到床上。

一连许多天，邻居的院子总是很热闹。或者也可以说，邻居的院子从来就很热闹，只是朱丽没有留意罢了。一忽儿客人来了，一忽儿客人走了，那句她已经熟悉了的大人的提醒句源源不断飘进窗口落入房间："小宝，和叔叔、阿姨说再见！小宝，和叔叔、阿姨说拜拜！"或者"小宝，和爷爷、奶奶说再见！小宝，和爷爷、奶奶说拜拜！"然后照例是短暂的安静，家人和客人等待小宝发言，如同等待一个大人物的肯定或祝福。照例是令人尴尬的沉默，直到客人离去。朱丽在这时走到窗口，正好能听见大人对小宝不疼不痒的埋怨："唉，这孩子！唉，这孩子！"她看见的小宝，要么听而不闻地摆弄一辆停在门口的板凳大小的远红外遥控越野吉普，要么跑向草坪，爬上那只锻铁摇椅扭动身子摇着自己……

朱丽在窗和床之间徘徊，一边觉得这小宝不懂礼貌，一边感叹做个孩子也挺不容易，非得随着父母对那些他根本不认识的大人说再见不可。很可能，他从来就不想跟他们再见面呢。他既不认识他们，又不了解他们。和说"再见"相比，看上去他更喜欢说"蜗牛"。也可能，他一直就没弄明白"再见"是什么意思，就好比朱丽她自己——朱丽从小宝想到自己，和自己那场没结成的婚。新郎是她公司的同事，对她很好，特别会煲各种菜粥、肉粥。有时她在公司加班，他就拎个煲粥的砂罐给她送粥。公司里的人都看好他们的结婚，那天婚礼去了很多人。可是她却跑了，连个再见也没对大家说，连个招呼也没给她的新郎打。她不辞而别，对了，她也只有"不辞"才能"而别"。当她一路跑来北京，一头扎进这间客房时，眼前闪过的不是婚礼，也不是新郎，而是她母亲那张浮肿的、经常是"乌眼青"的脸。

母亲和父亲的争吵由来已久，争吵总以父亲对母亲的殴打结束。朱丽在两个大人拳脚的夹缝里长大，直到父母终于离婚。离家的父亲有时会来看朱丽，他们也有告别，但朱丽从来不对父亲说再见，她不想再看见他。或者她心里对他说过再见，中国人的"再见"在不同时刻会有两种完全对立的含意。朱丽在心中对父亲喊出的"再见"就是另一种含意："再见了您哪！"意思是，我可不想再看见您了！

在婚礼上，朱丽注意到喜盈盈的母亲，她突然看见特为这婚礼打扮一新的母亲下眼眶似有淤血。她紧盯住母亲，在心里说服自己那不过是错觉，是岁月累积起来的错觉，可她还是不顾一切地跑了，就像逃离一场她以为会到来的如母亲般的命运。现在，邻家的小宝也使她对孩子有了一些假设：如果她未来的孩子像小宝这样别别扭扭，拒绝同大人合作，她可怎么办是好？

每次想到这里，朱丽就赶紧打断思路，好像若不打断，她已知的各种谴责便立刻潮水般向她涌来。她对付不了这些，如同她不能担当一个婚礼。

初夏过去，暑天袭来。

入伏后的一个下午，朱丽迷迷糊糊之中，窗外的声音再一次飘进房间。是邻居又在送客了，她又听见了早已熟悉的大人的提示："小宝，和叔叔、阿姨说再见！小宝，和露露说再见！小宝，和叔叔、阿姨说拜拜！小宝，和露露说拜拜！"

朱丽继续迷糊，兼听那必然到来的短促的安静。她果然"听"见了那短促的安静，之后是主人、客人寒暄着告别，杂以孩子们稚嫩的喊喊喳喳——这是她以前未曾听过的，孩子们的喊喳。接着她耳边突然响起一声清脆的童音，那童音分明是小宝,小宝说出的不是别的,正是大人们长久以来苦口婆心敦促他说出的告别语:"再见!"

所有人都听见了这声"再见",这是个宝贵的时刻,犹如盲人睁眼、哑人发声。

"再见!"小宝说。

"再见!"另一个童音呼应着小宝。

"再见!"小宝又喊。

"再见!"另一位也喊。

朱丽迅速从床上爬起来赶往窗口,像是怕错过什么,又以为是听错了什么。她看见门廊下站着小宝和家中大人,另外一对男女,正领着一个身穿柠檬黄棉布印花连衣裙的小女孩下了台阶往院子门口走。这位小女孩,想必就是露露了。

这前所未有的、此起彼伏的"再见"之声原来是两个孩子之间的道别,与他人的引导无关。

"再见!"小宝冲着露露的背影喊,声音比刚才要高。

"再见!"露露扭过头回答着小宝,声音也比刚才要高。

"再见!"小宝放大了声音,有点扯着嗓子。

"再见!"露露站住不走了,也有点扯着嗓子。

"再——见!"小宝拖着长声跺起脚来,仿佛对"再见"

这个词不依不饶。

"再——见!"露露也拖起长声,还有点要迈步跑向小宝。

"再见再见再见!"小宝口中响起"连珠炮"。

"再见再见再见!"露露不示弱地紧跟着。

两人无休无止地"再见"起来,好似耍贫嘴,逗乐子,"人来疯"。

两边的大人不得不开始劝阻各自的孩子,主人说:"好了好了叔叔阿姨还有事呢。"客人说:"好了好了过几天我们还来看小宝呢!"

小宝却是不听劝,再次大喊起"再见"。他拧着眉头,嘴角一撇一撇的,就要哭出来的样子。

露露也大喊起"再见",人已被她的父母领出院门。

小宝更激烈地跺着脚,弯下腰,拼尽全力高喊着"再见,再见,再见,再见……"他顽强地、势不可当地向那个身穿印花连衣裙的露露表达着再见的意愿。到后来,他憋红了小脸,捯着气,汗流浃背的,以至于那"再见"声变得哆哆嗦嗦,听上去就像是"再哎哎哎哎见!再哎哎哎哎见!"

这实在不像耍贫嘴,逗乐子,"人来疯"。

露露全家开车走远,小宝的父母也回了房间,小宝仍然站在廊下,对着空气高喊着"再哎哎哎哎见!再哎哎哎哎见!"

"再哎哎哎哎见!"

"再哎哎哎哎见!"

那像是欢欣和绝望情绪的一种混合,激烈而壮观。像冰河在春日太阳的照耀下突然融化,"嘎啦啦"地迸裂着自己,撕开着自己。叫人觉着,生活其实是从"再见"开始的,当小宝和露露那么急赤白脸地用"再见"告别时,生活才真正走进了他们的生命。

胖姑娘保姆茫然无措地看着膝下的这个孩子,对他的呼喊插不上嘴,只学着主人的口吻叹着:"唉,这孩子!唉,这孩子!"

朱丽退后一步,让窗帘挡住自己,犹如挡住了某种冲动。她站在房间的穿衣镜前看自己,镜子里有一张皮肤平滑的苍白的脸。脸上那副缺少血色的嘴唇含混地嚅动了几下,仿佛在练习一个忘却已久的老词。她发现,自己对"再见"这个词从来都是漠然的,不管对一座房子,还是对一个亲人。一种对自己的陌生的疑惧就在这时陡然从心中升腾起来,她环顾这房间,伴着窗外那声声不断的"再哎哎哎哎见",

她就琢磨，现在最该做的，是不是应该把关掉了那么多天的手机打开呢？继而想到，她应该先找舅舅借一个手机充电器。

2011年7月29日

七 天

1

她们在酒店大堂的自助餐厅一碰面,就迫不及待地交流起昨晚的住店感受。

这城市靠近中俄边境,酒店的自助餐也就带出点俄式特点。她从餐台上拿了酸黄瓜、红肠,咬着牙切了一片铁硬的、不加防腐剂的黑"列巴",对跟在身后的嫂子说,大嫂你的下眼袋都出来了。

大嫂也咬着牙切了一片铁硬的"列巴"说,阿元,本来选这家酒店是觉得他们新近推出了客房的"人体感应服务",可我昨晚一进房间就知道上当了。

姑嫂二人又各自斟满一大杯鲜榨橙汁,选了一张靠窗的小方桌坐定。她们不约而同先将橙汁一饮而尽,好比是控诉客房之前的一个铺垫。

大嫂说她进了房间,不用插取电卡,灯倒是全亮了——房间果然自动感应了人体。她放下行李,直奔卫生间,急着卸妆、洗澡。由于飞机晚点,她和阿元办完入住手续已经是半夜两点了。

卫生间的灯却不亮。她出来进去好几回,并配以肢体动作比如跺脚、拍手什么的,那灯偏是对她这个活人不予理睬。她只好摸着黑在卫生间里凑合着洗漱,然后上床。她上了床,希望赶紧关灯睡觉,不幸的是床头灯还顽固地亮着。情急之中她甚至把脸凑到那亚麻材质的台灯罩上,差不多快要把台灯搂进怀里了,台灯依然拒绝和她发生感应。她又本能地摸索台灯开关,没能摸到——人体感应的客房里根本就见不到一只开关面板。她想起应该给客服部打电话,谁知这客房里竟然没有电话。床头桌的桌面上只嵌有一张扑克牌大小的磁卡,上边画着一张女性服务员的脸,脸的下方有一行小字:您有需要请对我讲。

大嫂便对着那张小脸哀求道,我需要关灯,关灯!

床头桌上的小脸发声了:对不起,您房间的感应系统出了故障。现在已是深夜,维修工已下班。再次对故障带给您的不便表示歉意!

阿元问结果如何,大嫂说,结果就是亮着灯睡。下眼袋出来了是小事,再睡一夜说不定能睡成精神病。

阿元就说,她的房间也有麻烦,灯倒是该亮的就亮,该黑的就黑,问题出在自动感应的马桶上。那马桶尚有几分情调,水面上还漂着玫瑰花瓣。但当她用完马桶之后,水却怎么也冲不出来。阿元说她是大……啊(因为在吃早饭,她省了后边那个字),所以她必须把马桶冲干净。后来她走的程序就和大嫂差不多了,也是对着床头桌上的小脸恳请她找人来修马桶,小脸说对不起您房间的感应系统出了故障。现在已是深夜,维修工已下班。再次对故障带给您的不便表示歉意!

大嫂急切地问阿元怎样冲的水,阿元苦笑着说,她本想从卫生间找个盆,搪瓷的、塑料的,都行。当然没有找到,一个宣称客房实现了人体自动感应服务的酒店,怎么可能给卫生间配个脸盆呢,那是从前的县级招待所的气质。她只找到一只漱口玻璃杯,就以此杯为运水工具,往返于洗面台龙头和马桶之间无数次,才算冲净了马桶。

阿元和大嫂相对着叹了口气,不吃不喝的,一时间似都忘记了盘中的"列巴"和红肠。

一个端着大杯牛奶、大声打着手机的女人从她们桌前经过,才把她们从"人体感应客房"引回现实。那女人身材瘦小,声音却高亢,旁若无人地通过电话向对方重复着:"关键是资金链不能断,资金链不能断,资金链明白吗?我跟你们讲过多少次了……"阿元和大嫂同时想起,噢,她们此行,多少也和资金链有关呢。

阿元的大嫂这些年做貂皮生意,先是和俄罗斯走低端,后来又发展到和意大利做中高端时装市场,灰貂、紫貂什么的。资金有缺口,阿元夫妇帮了她,又表明"帮"的那笔钱是赠与。毕竟,阿元的先生二十年前在北京南郊圈地开水泥构件厂时,她的哥嫂尚在北京一间国营理发店分别做"男活儿""女活儿"。阿元断不了调侃大嫂,说她干什么都没离开过动物皮毛——假如人的头发也是动物皮毛之一种。

大嫂貂皮生意的资金链从此没有断过,为表谢意,除了赠送阿元"意式"限量版貂皮短袄,还在暑期拉着阿元到这个边贸城市寻凉快来了——以前她和俄罗斯做生意的时候没少往这些地方跑。

但是这个早晨,为了这个倒霉的酒店,大嫂满怀歉意。

她有点看着阿元的脸色说，一会儿咱们就结账走人。她的看脸色不是假看，她是真看，穷亲戚对阔亲戚总归有那么几分下意识地看脸色的习惯。虽然，今天的大嫂已经不能算穷人。她鼓动着阿元说，不如直接就往额尔古纳河方向走，车程五六个小时。我住过那儿的喀秋莎俱乐部，就在村子里。俱乐部的蓝莓果浆你不可不尝，绝对无污染。

阿元有心无心地哼哈着，想到花五六个小时去尝一口未必无污染的蓝莓果浆，值吗？可是反过来看，她专程从北京飞到这儿，只为用一次冲不出水的马桶，然后就打道回府，也挺不划算。大嫂提到了额尔古纳河，唔，额尔古纳河，这是一个让人心生莫名的柔情和神往的名字，假如阿元心中曾经怀有柔情和神往。她想起仿佛在哪儿见过关于这条河的一本书，当时她没有买，自从大学毕业后，她已经多年不读书了。那么，去一趟也无妨吧，额尔古纳，断不会有假惺惺的漂着玫瑰花瓣的马桶。她冲大嫂点点头，大嫂就直奔前台结账、订车、雇导游去了。

这时阿元的手机响了，是家中厨师冯妈。冯妈在电话里一迭声地喊叫着太太、太太！声音凄厉、刺耳，好似拉响了报告危险的警笛。阿元对冯妈的喊叫习以为常，阿元离家越远，冯妈打电话的声音越大。一次阿元和先生在马尔代夫，冯妈为二少爷（阿元的小儿子）的有机牛奶换牌子的事来电话请示，近乎声嘶力竭。阿元让她小点声，她在电话那头说你们去那么远的地方，我怕声小了你们听不见！现在阿元接到冯妈的电话，只感叹这冯妈倒是忠诚，可未免太过啰唆，常常为丁点儿的事打她的手机。你看，她专门来电话告诉阿元，布谷这次从老家回来长高了。

布谷是阿元家负责打扫卫生的保姆，未满十八周岁。

阿元不耐烦地说，长高了还不好啊，你不是老嫌她矮嘛。

那边冯妈有点焦急地说，高了好是好，可她一天就长了一寸呢！

阿元说我可是昨天才离开家。

那边冯妈说，今天我就发现她不对劲。我把她摁在我们卫生间墙上量的，在她自己量身高的铅笔印儿旁边。所以太太你还是回来看看吧。

阿元这才觉得蹊跷，她说真的啊？

那边冯妈惊叫着说你以为哪！事实如此！

"你以为哪！事实如此！"这是冯妈的口头语，有点不容分说，语调且抑扬顿挫。虽然平日里冯妈稍有虐待布谷的心理倾向，比如她在电话里用"摁"来形容自己强迫布谷量身高。但这个电话确实值得重视。阿元望着窗外大片身姿婀娜的小白桦叹道，额尔古纳河，我们改日再会了。

2

阿元在返回北京的飞机上假寐，眼前总是出现瘦小的、头发稀薄的布谷。一年前的冬天，布谷来到阿元家。进门时，她怀里抱着一只没煺毛的土鸡，肩上背着一坨脸盆大的家乡的酿皮。这两样她心中最珍贵的食品，是爹领她冒着大雪出村走八里路，摔五十个跟头，坐汽车，乘火车，两天两夜才送到了北京。爹嘱咐布谷，哪个雇主用了她，就把土鸡和酿皮送给主人家。后来，是大嫂把布谷介绍给阿元。阿元收下了布谷，连同她的土鸡和酿皮。

最初，双方相互都有些不习惯，比如阿元要求布谷叫自己"太太"，叫先生"老爷"，叫两个儿子"大少爷""二少爷"。布谷叫了太太，叫了大少爷二少爷，唯独不叫老爷。问她为什么，她拧着眉头说，饿（我）凭什么管他叫姥爷？饿家里有姥爷！

阿元笑了，冯妈大笑了。阿元是笑和这个孩子的不能沟通，冯妈笑的是布谷快倒霉了。冯妈在阿元家多年，深知这位主人太太的脾气秉性。当初她也曾叫不惯老爷太太，心里骂着：充什么大尾巴牲口啊，像演电视剧似的！可她不顶嘴，只在心里骂。不像这位布谷，生瓜蛋子一个。冯妈的笑里有幸灾乐祸，和一点欺生。欺生之心人皆有之，生人本来也容易被人欺。比如单位里来的新领导，牢房里来的新犯人，都会领略到欺生之意趣。

布谷的工作是打扫卫生、洗衣服洗碗，必要时给冯妈帮厨，择菜剥豌豆，兼顾为全家擦皮鞋。她拖木地板时先往地板上撩一片水，说是压尘土，在老家都这样。她洗碗则需在洗碗池前摆一只小板凳，她站在板凳上，两条胳膊才不至于夯得过高好似要大人抱抱的孩子。即便如此她还是经常打碎碗、盘。她擦皮鞋很卖力气，不仅给鞋面涂满鞋油，鞋窠臼里也把鞋油涂满。冯妈在第一时间拎着两只里外一片漆黑的皮鞋向阿元告状，嘀咕着说这丫头莫不是连皮鞋都没见过？

为了里外一片漆黑的皮鞋，阿元想立刻打发布谷走。冯妈却又劝道，再来个新人未必如她好——也不会比她更便宜了（冯妈不知从何处探听到布谷未成年的事实和由此而来的偏低的工资）。冯妈向阿元申请由她训练布谷，她巧妙地让布谷知道，依照布谷所犯的错误，早该被主人辞退了，是她冯妈在阿元跟前求了情，布谷才得以留下。所以，她启发式地告诉布谷，在这个家里，你不要听主人的，他们永远是他们。你也不要听主人的司机的，司机不是主人，可他们更不会和咱们一条心。你以为哪，事实如此！在这个家里你得听我的，听了我的你才能有前途。

布谷又拧上了眉头，她说饿看不出听了你的能有什么前途。

冯妈提高了嗓门说那你听谁的呀你说说看！

布谷说谁给饿发工资饿就听谁的。

冯妈恼了，心想敢情这是个油盐不进的主儿。晚上吃面条时她就断了布谷的卤，那天布谷只吃了一碗面条拌盐。以后凡遇冯妈不高兴，便不让布谷吃炒菜。她一边把铁锅和炒菜铲子弄得乒乓乱响，一边诅咒似的说，就你这样的，找婆家都难！要力气没力气，要身子骨没身子骨……往后生孩子你就等着难吧！

冯妈这话说得过分了。布谷正站在小板凳上洗碗，她哐叽一声把手中的碗扔进洗碗池，从小板凳上下来，哭着回自己房间去了。

那次阿元听见了冯妈的不厚道。不厚道在冯妈是常事，每有事端，布谷总是默不作声，至多把眉头一拧。她的拧眉头有点不凡：她能在一瞬间把眉头拧成个小肉疙瘩，猛看去两眉之间好似摁上了一枚揉皱了的饺子剂儿。冯妈最不待见布谷的拧眉头，把这看作无声的抗议。不过正因为无声，冯妈也就闹不起来。这次布谷又是摔碗又是哭的，阿元猜测，这情绪也许和保安小郭有关。

布谷喜欢和小区的一个郭姓保安聊天，阿元全家都知道。每逢小郭上岗，布谷格外愿意一趟趟跑出去倒垃圾。秋天阿元家的柿子树、山楂树挂满果子，收获时布谷经阿元同意，还送给小郭两个柿子和一把山楂。

小郭是个笑眯眯的高个子，每见布谷从院里出来，他便仰头冲着树丛说：布谷布谷！

布谷说你叫我干吗？

小郭说我叫树上的布谷鸟呢。

布谷说你明明在叫我。

小郭说我叫你应该低下头的，你那么矮。现在我可是仰着头在叫——你听它还答应哪！布谷布谷！

布谷于是也仰头朝着树丛里布谷鸟的叫声望去，她只听见了"布谷布谷"的叫声，没有看见布谷鸟。小郭告诉她，布谷鸟不喜欢被人看见，不像喜鹊和乌鸦，愿意在空中的电线上站着。小郭把站在一根电线上的喜鹊指给布谷，布谷佩服小郭的学识。但是，更让她记在心里的，是小郭那句有口无心的话："你那么矮。"这话使她难过。从前她不觉得矮小有什么不好，他们全家人长得都比较矮小。但是，话从小郭嘴里说出来，矮小就是个问题。她重视小郭的话，从此开始为自己量身高，在她和冯妈共用的卫生间墙上，描画着一些深深浅浅的铅笔印。

一年之间布谷没有长个儿，她很注意电视里和增长身高有关的广告，有一种增高鞋垫，她看了电视偷着买回来，把姐姐绣的割花鞋垫从布鞋里抽出来扔在一边，换上增高鞋垫。她穿上鞋，挺直了腰，两眼放光，仿佛已经旧貌换新颜。当她拔脚出门跑向正在岗上的小郭时，冯妈对着她的背影数叨，说那些广告都是假的，骗的就是走火入魔的人。想长高倒不如买副弹簧安在鞋里。

阿元没嫌布谷长得矮。渴望被人称作"太太"的她，本能地希望保姆的身高不要超过自己。她不愿意仰着脸和保姆讲话,好像求着她们似的。她愿意俯视着她们发布命令,这不仅能够带给她安全感,还能够随时带给她优越的"太太"感。可是,这位过于矮小的布谷,真的在一天里就长高了一寸吗？阿元努力回忆着布谷这次从老家收麦子回来的状态。她仿佛是高了一点,也许是胖了一点,怀里还是抱着一只没煺毛的土鸡,肩上还是背着一坨酿皮。那依然是她的爹娘送给阿元的礼物,感谢阿元对布谷的照顾。

说到照顾,阿元心里有几分惭愧。她谈不上照顾布谷,甚至没有正眼看过布谷。她努力回忆,好像冯妈对她讲过,布谷这次从老家回来挺高兴,说起她们村旁边建了个工厂,她的两个姐姐都去工厂上班了,爹也想叫她去,她嫌厂里挣的不如北京多,才又回来了。冯妈讲到这里撇着嘴说,回到北京还不是惦记着小郭哪。点点滴滴的回忆,加上冯妈在电话里的渲染,使阿元忽然十分迫切地想要看见布谷,必要时也许她会和冯妈一起为布谷测量身高。

晚饭时间阿元到家了,冯妈在厨房里炒菜,为她开门的是布谷。她本能地打量布谷,就像打量一个初见的生人。这打量让她确信冯妈的电话没有虚张声势,眼前的布谷的确比昨天又显出了胖壮。布谷为阿元拎旅行箱，手势有力，步子轻快，不似从前为阿元拎箱子，总是磕绊着跌撞着，就像在和箱子摔跤。阿元盯着布谷的背影感叹，这孩子真正是发育成人了吧？只是的确给人一种说不出的"突然"感。

饭后，冯妈收拾停当，为避开布谷，上楼到小客厅接受阿元的询问。这次她的讲述略带气愤。她说布谷从太太离家后一直狂吃不止，饭量不仅比平时多出几倍，把冯妈储藏在冰箱里的豆包、香肠、酸奶、熏鱼、花生酱等等全部吃掉，还在半夜偷着起来给自己煮速冻饺子、蒸速冻八宝饭。早晨一睁眼就又开始吃了，太太留下的面包她一口气吃八片，外带四个煮鸡蛋——活活一个饿死鬼转世啊！冯妈说她必须把事情讲清楚，否则太太会以为是她趁主人不在家偷吃偷喝。

这几日主人的确都不在家。阿元的先生——布谷死活叫不出口的"老爷"去德国参加一个国际挖掘机技术博览会，如今他已经有了自己的挖掘机工厂。大少爷在国外读书。二少爷去了学校组织的夏令营。阿元相信家里食品的急速减少不是冯妈作祟，多年相处她知道冯妈的饮食习惯：冯妈牙不好，虽占据着厨房的有利资源，但食量极小。阿元安慰冯妈说，就算布谷当真变得贪吃贪喝，也还不至于把家里吃破了产。现在女主人已回家，料她也不敢半夜煮饺子了。

冯妈摇着头表示怀疑，她和阿元约定，阿元开着手机睡觉。一旦布谷行为可疑，她会立刻给阿元发短信，让事实说话，抓她个现行。

这样的约定，忽然使家中的气氛有点紧张。昨夜的马桶事件和今天的飞行，弄得阿元本来已经十分疲劳，原想早些休息，却又惦记着冯妈何时给她发信。她把手机摆在枕边，睁着眼久久不能入睡。时间到了深夜一点，冯妈的短信来了："速下楼进厨房。"

阿元踮起脚悄悄下楼，和冯妈几乎同时出现在厨房里。厨房里灯火通明，煤气灶上，双层大蒸锅正喷着雪白的蒸汽——布谷正在加热从冰箱里翻出的速冻扬州包子。在她手中,有半碗山西老陈醋。阿元认出"碗"本是日常的小汤盆，但此刻端在布谷手上，它忽然缩得像个饭碗。这个发现使阿元心惊：难道布谷的手也在突然长大吗？！

冯妈首先注意的是蒸锅。她一个箭步冲上去，猛地掀开锅盖，只见一堆扬州包子正密密麻麻地下榻于不锈钢笼屉。冯妈关了火，端下第一层笼屉，亮出第二层。第二层笼屉里，下榻着和第一层同一属性的包子。以冯妈的经验，瞄一眼就知道这两层包子加起来不会少于二十五个。

布谷对阿元和冯妈的同时出现有些吃惊，可她显然不打算放弃锅里的热包子。她带着哀求腔对阿元说，她实在饿得睡不着觉，她晚饭没吃饱。

布谷的哀求更使冯妈恼怒，她高喊着说你告诉太太晚上你吃了几碗面条，几碗？

布谷嘟囔着说一碗。

冯妈啪地打开手机举到阿元面前说，太太你可看清了，这就是她说的那个一碗。

阿元好奇地看看冯妈的手机屏幕，原来冯妈用手机给布谷吃面条录了像。从录像上看，布谷至少连续吃了六碗面。阿元一边佩服冯妈的取证、侦破才能，一边吃惊布谷的六碗面饭量。她想试试布谷，也想表现出一点人文关怀，便说没吃饱你尽管吃，别把肠胃吃坏就行。说完冲冯妈使个眼色，两人索性坐下来看布谷吃包子。

这是一个令人尴尬的场面，可布谷旺盛的食欲使她顾不得害羞或者惭愧。她站在灶前，背对阿元和冯妈，一手端着醋碗，另一只手直接伸到笼屉里抓包子。她吃包子的速度也是连贯而迅疾的,两屉包子似乎在打个哈欠之间就被她消灭干净。接着她一仰脖,将剩醋一饮而尽。老醋穿过她的喉咙发出沉闷而幽深的"咕嗒"声,仿佛她咽下的不是一口一口的醋,而是一个一个的鹌鹑蛋。

阿元望着布谷的后背,忽然想起一个形容词:虎背熊腰。她被这个词吓着了。她站起来再望一眼布谷,布谷正缓缓转过身来,双手搭在明显隆起的小肚子上。在阿元看来,此刻布谷那两只手更像是扣在谷草垛上的两只小簸箕。她还发现,她看布谷的视线竟然偏高了。她希望这只是个错觉,深夜容易让人迷糊。

一向冲在前边的冯妈在这时退到了阿元身后,小声提醒她的太太说:又长了……

3

又长了,布谷的身高。三天之后,她已经比中等身材的阿元高出了半个脑袋。她仍然极其贪吃,一日三餐需吃几锅米饭,十多斤蔬菜,整盘的香肠或腊肉,夜间还照样潜入厨房蒸包子煮面条。阿元家从来都是爆满的冰箱和冰柜几近空荡。

为抵制布谷的夜间偷吃，冯妈干脆在厨房门口横摆一只折叠床整夜睡在那床上。但布谷飞速增长的双腿轻易就能迈过小床和床上的冯妈，顺利到达目的地。这举动再次激怒了冯妈。虽然论身高现在她已经不是布谷的对手，布谷吞食的也并非她的私人财产，她愤怒是因为布谷如此肆无忌惮地掠夺着她冯妈所统领的地盘。

这一晚，当布谷又迈过装睡的冯妈潜入厨房时，冯妈一跃而起，扑进厨房伸手打掉布谷搂在怀里的一盘速冻鱼丸。与往常不同的是，她那"打"里加了一个跳脚的动作，因为只一个晚上，布谷似又蹿高了。冯妈若不加一个"跳脚"，单单伸手去够布谷怀里的盘子，竟会有点费力。她跳着脚打掉盘子，见布谷腮帮子鼓鼓囊囊，索性又一个跳脚将布谷顶倒在灶台上，她扬手抓挠着，想从布谷嘴里抠出丸子。布谷惊慌而又顽强地吞咽着冰硬的鱼丸，一边伸出胳膊抵挡冯妈的抓挠。冯妈双手攥住布谷的胳膊，忽然双脚离地，身体失去重心，好似一只正在攀爬大树的老猴。曾几何时，布谷两条麻秆样的胳膊，端两只盘子都打颤啊。一瞬间冯妈感到处于危险境地的是自己，她还想到自己遭报复的时刻已经来了，说不定布谷一挥手就能将她甩出厨房。她失态地大喊起来，或者应该说是警笛似的尖叫，以这尖叫向太太阿元报警。

阿元被冯妈尖厉的"声带警笛"惊醒，从楼上奔跑而下，当她和已经落地的冯妈并排站在厨房门口时，她们面对着灶台前的布谷，的确可以用仰视来形容了。她们仰视着已从灶台上起身站稳的布谷，布谷却对她们视而不见。她缓慢地蹲下身子，开始在地上爬着捡拾四散的鱼丸。她把地上的鱼丸拾光吃净，顺带着又吃了五六个冯妈白天刚买的西红柿，然后才恋恋不舍地离开厨房。她走到门口，阿元和冯妈闪身为她让路。她的头顶快要齐着门框了，而她身上那条紧绷绷的碎花短裤，阿元认出其实是自己从前赠给她的一条长裙。她摇摇摆摆地回到和冯妈共用的房间，费劲地屈身将自己塞进吱嘎乱响的小床，顿时就打起山响的呼噜。

阿元终于感到事态的严重。这两天她不断给家人、熟人打电话描绘布谷的怪异，但他们似都不太重视她的信息。她怀疑自己的表达不够生动。她请她的先生尽早回国，他嘲弄她说就因为一个贪吃的发育中的保姆吗？她给大嫂打电话要她回来——布谷到阿元家打工是大嫂一个熟人介绍的。大嫂说她现在在海宁，事没办完。阿元说你不是去额尔古纳河了吗？大嫂说你不去我一个人干吗去啊。阿元说你一个人不也去了海宁吗？大嫂说那不一样，眼下中国顶级貂皮都集中在海宁。阿元有点不悦地想，到底，貂皮比疯长的保姆重要。电话那边大嫂感觉到阿元不愉快的沉默，才又"找补"了一个主意，她说布谷肯定得了贪食症，内分泌的问题。有一种手术是把患者的胃缝起来一部分，强迫其减少食量。吃得少了，自然就不长个儿了。这个主意让阿元犹如在黑夜里见到了曙光，她赶紧给医院的一个朋友打电话咨询，那朋友说的确有通过缝胃来抑制食量的手术，但现在医院没有床位，一个星期之后给她消息。医生诊断之后真要缝胃，手术费加上住院费什么的大概九千块钱左右。

阿元犹豫了，冷静想想，她凭什么要花九千多块钱给布谷做缝胃的手术呢？作为雇主，她不仅没有折磨过布谷的胃，她的家庭甚至可以说是布谷的间接受害者。可是换个角度看，只因为保姆吃得多，便强行逼她去医院缝胃，那阿元就变成了加害保姆之人。看来这事情经不住细想，最简单的办法就是请布谷走人。阿元给大嫂打电话通报了想法，大嫂建议多付她半个月工资。

早饭之后，阿元想找布谷谈话，但她没有看见布谷。往常这时，布谷已经开始拖地板了。阿元问冯妈，冯妈说布谷赖在床上不起来，准是吃得撑出病来了。又说她放了一夜臭屁，凌晨去厕所还堵了马桶。阿元立刻联想起前几日自己用过的那只漂着玫瑰花瓣的马桶，心想幸亏自家马桶不是自动感应的。冯妈趁机向阿元提出，她决不再和布谷睡一个房间，她宁肯去隔壁台球厅搭床。阿元看看冯妈，发觉冯妈形容憔悴，一夜的工夫，脸上的皮肤好似揉皱的牛皮纸，缺牙的嘴也更瘪了。她叫上冯妈一块儿去看布谷。

布谷弓着双腿仰面缩肩躺在她的单人硬板床上，肚子上搭着毛巾被。阿元宛若见到了舞台上的喜剧小品：一个扮演婴儿的大人被强塞进婴儿的摇篮。布谷见阿元进来有些惊慌，却也只是费力地扭动了一下脖子。伴随着床的吱嘎声，她哭了。像往常一样，她哭之前先拧了拧眉头。但今天她的眉头已经拧不成小肉疙瘩了，相对于矮小紧凑的人的灵动，庞大壮硕之人的表情通常会显得滞缓吧。然而布谷的眼泪是真的，可以用"哗啦啦"来形容。她说她没有病，现在下不了床是因为她没有衣服穿。今天早晨，所有的衣服她都穿不进去了。她恳请冯妈拿缝纫机帮她轧两件衣服，她记得储物间里有阿元家去年换下的旧窗帘，若是没用，就拿它们轧衣服。费用从她的工资里扣。说到这里她呜呜地哭出了声，她说要么太太少发她工资吧。她有个弟弟考上大学了，家里更需要钱，她会努力干活……

阿元动了恻隐之心，想说的话就开不了口了。走或者不走，她都得先让布谷穿上衣服。阿元动了恻隐之心，还因为她看见布谷那越来越显粗硬的马鬃样的头发，一夜之间更加厚密地耷在耳边，也像马鬃一样的缺少光泽。沉甸甸的头发将她的额头压得很低，压得她拧不动眉头。阿元想，大嫂若在场，当能立刻断出布谷的头发属于"沙质"，那是最难打理的一种发质。除了马鬃样的头发，阿元还看见布谷裸露的胳膊上那老柚子皮样的毛孔粗大的皮肤。阿元动了恻隐之心，更因为她听见了布谷音色的变异，那是一种喑哑、粗重的男声，让人简直要怀疑布谷身上揣有一台播放他人声音的录音机。阿元为布谷感到一点凄惨。

冯妈应阿元的盼咐去储物间找旧窗帘给布谷轧裤褂，一个小时后，布谷穿上了旧窗帘改制的新衣服：一件黄绿相间的竖条纹套头布衫，一条阔脚七分裤。布谷穿上新衣，拿根绑窗帘的丝绳捆住四散的头发，显出忸怩地弓腰出了房间，谢过阿元，谢过冯妈，开始了劳动。

这天布谷的劳动显然经过刻意设计，她专拣平日里够不到的高处干活儿，像是一种对自己身高的抱歉，又似乎要让主人看见，这样的身高在这个家庭里的积极意义。阿元家五米挑空的客厅，有四扇高窗很难擦，每年春节要请专业保洁工人来处理。布谷倚仗身高的优势，登上一架铝合金人字梯，先把这四扇大玻璃窗擦得晶莹剔透。接着她又手持鸡毛掸子扫房顶、扫柜顶、擦拭吸顶灯罩、清洁书房顶天立地的书柜、衣帽间顶天立地的衣橱……为报答冯妈，她还破天荒地钻进厨房去擦高处的吊柜以及直通屋顶的排烟罩。二楼有一盆长了腻虫的龙血树需要搬到院子里打药，当年是三个工人将这树抬上楼的，现在布谷独自搬起一人多高的龙血树腾腾腾地就下了楼。她又发现几个房间天花板凹槽里的LED装饰灯带不亮了，于是从工具间找出备用灯带，很快就让天花板重现立体光明。她的劳作稍具表演色彩，比如过了午饭时间仍然不依不饶地擦拭客厅的24头枝形吊灯，需冯妈喊她五遍以上才"不情愿"地吃饭。一旦端起碗，布谷便刹那间现了"原形"。只待冯妈刚吃完最后一口饭，她便放下饭碗,直接将饭锅抱进怀中。

但是,家毕竟亮亮堂堂了,仰望四壁,所有的吊灯、顶灯和射灯,那从前很难照顾到的角角落落一尘不染。这一切都好像是布谷用来堵阿元的嘴。阿元不禁想起大嫂在电话里安慰她的话。大嫂说她(指布谷)长得太快是有点怪,可是她的身高超出人类极限了吗?超过那个女篮球明星了吗?如果没有,又何必大惊小怪。大嫂还给阿元出主意,让冯妈连着给她炖几天红烧肉,让她一碗接一碗地吃,说不定就能把胃腻住。

阿元尚不知道人类的极限身高究竟是多少,是多少又该谁说了算呢。她打算先按大嫂的办法做个尝试,好比有病乱投医。当晚冯妈就炖了五斤偏肥的红烧猪肉。肉炖好时布谷正踩着板凳给客用卫生间更换防水顶灯。

冯妈推门进了卫生间,仰起下巴颏唤布谷吃肉。她就在这时看见一条滚动的蚯蚓般的红线正顺着布谷的小腿从七分裤的裤脚爬向她的脚踝,再往板凳上漫延。冯妈绕过板凳看地面,却原来板凳四周的米色仿古瓷砖地面上已经汪着一摊锅盖大的红色液体。

这次冯妈没有喊叫,真正的惊吓是喊叫不出来的吧?

4

冯妈掩上卫生间的门,回到厨房让混乱的心绪稍微镇定。为此她还给自己沏了一碗白糖水。她算了算,这是布谷的生理周期,"好朋友"来了。那么,蚯蚓般的红线和地面上的液体当属正常。只是,冯妈预感布谷的这一次,并不那么简单。

如果窥探是人类的本性,这本性在冯妈身上更为发达。虽然她已和布谷分房睡觉,不能分分秒秒观察布谷身体之变异,可她却能够从布谷去卫生间的次数和丢在垃圾桶的卫生巾推断布谷的液体流量。一天一夜的时间,布谷用掉十五包卫生巾,其中十三包是偷了阿元的"护舒宝",两包是布谷平时用的批发市场买来的杂牌儿。冯妈将调查清楚的"灾情"向阿元报告,并提醒太太说,一般人一次两包就差不多够了,照她这样下去,怕要出事的!

阿元听了冯妈的报告,并没有对布谷偷用她的卫生巾感到气愤,她感到恐怖的是布谷这个周期的流量。晚上睡觉前,她和冯妈又进了布谷的房间,她们要进去看个究竟。

布谷又是仰面缩肩弓腿蜷在小床上，与往常不同的是，床上没有褥子，没有床单，布谷身下就是一张光光的床板。眼尖的冯妈首先翕着鼻孔闻见了血腥气，很快就发现布谷的棉褥子扔在床下，灰白色的褥子已经有一少半浸成了暗红。暗红的褥子使阿元一阵头晕，她本能地扶住身边冯妈的一只肩膀，生怕腿一软会倒下去。

客厅里的电话响了，冯妈扶阿元离开保姆间去听电话，是医院的朋友打来的，朋友关心布谷的近况。阿元急忙对朋友讲了布谷生理周期的异常，说布谷会不会得了巨人症啊。那边朋友分析说不太对，女性巨人症患者生理周期的流量是偏少而不是偏多。她建议阿元了解一下布谷最近吃的食物和饮水，包括最近她去过哪里。

阿元顿时知道，这才是问到了根本。

冯妈的反应到底敏锐，她说她想起来了，布谷这次从家里回来说起过，她们村边上建了个什么厂，她的两个姐姐都被招去上了工。她不知道厂里做什么，只知道从车间流出来的废水流进村外的河，那是全村人吃水的河。小学校的一些孩子吃了河里的水，上课时就坐不住，乱动。冯妈说她还给布谷解释说那叫多动症。

阿元的脑袋嗡嗡叫着，带冯妈回到保姆间。这时她的腿不软了，愤怒使她面目歪扭。她审问似的要布谷开口，问她是不是喝过那河里的水？天哪，还有她带来的土鸡是不是喝过那河里的水？那酿皮是不是用那河水做的啊！不等布谷回答，她命冯妈赶紧把土鸡和酿皮从冰箱里拿出来扔掉。冯妈说土鸡已经炖着吃了。阿元的身体立刻有一阵不易觉察的抽搐，因为她和冯妈都吃了那只炖鸡。她们两人不由得对视了一眼，仿佛在观察彼此的身高是否已经变化。在确认了暂无变化后，冯妈才小跑着扔酿皮去了。

阿元的审问狂乱而激烈，布谷始终不肯开口。阿元于是要求布谷报告家人的电话号码，她要给布谷的父母打电话，请他们把布谷领回家。布谷哭了，说这电话不能打，一打说不定反倒给太太惹麻烦。说这几天家里一直在给她打电话，她的两个姐姐因为最近突然长得太高，厂里不要了，婆家也退了亲，姐姐们正打算到北京来找她。自从她知道了这件事，就不敢接电话了。

阿元眼前刹那间出现了两个女人，如两棵移动的大树，正穿越崇山峻岭，迈着长腿向北京方向奔来。在两个女人身后，影影绰绰的，又有一些面目模糊却高大无比的村人，也正尾随着她们。

阿元有点歇斯底里地追问布谷说你是不是把我们家的地址告诉他们了？啊?!

布谷赶紧说她从来没有把太太家的地址告诉过别人，她说这是做保姆应守的规矩，所以她也不给姐姐们回电话。她请太太放心，保证她们找不到这个地方。

布谷的话让揪着心的阿元稍微有所放松，放松又让她闻到了热而腥的噎人的气味，那汹涌的液体，血红的褥子，黏湿的卫生间地砖，那继续增加的身高，瓮声瓮气的哭诉，夜间的狂吃……刹那间无限地放大着，挤占着家里的空间，也挤压着阿元的神经，让她不得安宁。去他的恻隐之心去他的人文关怀！明天，她必须让布谷离开。

明天，她必须让布谷离开。

第二天阿元一下楼，没料想布谷正手拎一块抹布，站在楼梯旁迎候着呢。她哈着腰，竭力显得矮些。她恭敬地对阿元说她的"那个"完了，没有了，不信太太可以检查。

阿元没有心思检查布谷的"完"或者"没完"，完不完她都必须离开。想到这儿阿元调整好呼吸,尽量使语气和缓，她让布谷放下手中的抹布，坐在客厅沙发上，那沙发立刻有一个明显的下陷。阿元也在布谷对面坐下，宣布了决定。她说明天家里人都要回来了，老爷、二少爷。所以你，你得走了。

布谷又一次"哗啦啦"地哭了，她说饿长成这样能往哪儿走啊。

阿元说你爱往哪儿走就往哪儿走。

布谷说饿长成这样谁会收饿呀。

阿元说谁爱收你谁就收你。

布谷求阿元让她再想想，阿元说这次她是一分钟也等不得了，布谷必须现在就走。说话间冯妈已经替布谷收拾好了东西：一只山寨版的皮尔·卡丹小拉杆箱。

布谷扑通跪在地板上说即使走，她现在也不能出门。

冯妈冲阿元努努嘴，阿元扭头向窗外看，窗外，保安小郭正在小马路上巡逻。有那么几秒钟阿元又差点动了恻隐之心，也才发现布谷这些天就没有出过门，没有见过外人。有人来访，哪怕就是个送水的工人，她们也会下意识地让她回避，仿佛她是个见不得人的怪物。有人来访，她也会自觉地藏起自己，仿佛生怕吓着来人。但是谁又想过阿元的难处呢？阿元就狠下心重复起刚才的决定，她说你必须现在就走。

布谷说饿要是现在就不走呢？

阿元说我要打"110"报警。

布谷豁出去似的说，"110"来了饿也不走，饿又没犯罪！

这话噎住了阿元，她后悔当初没有通过家政公司选保姆。现在出了事，她几乎无人可找。她看看冯妈，指望冯妈冲锋陷阵。可平时嚣张的冯妈在今日的布谷跟前瑟缩着，带出一股子寒冷相儿。阿元站起来，冲动地把手伸向布谷，妄图对她做些拉拽。当她发现跪在地上的布谷比站着的她还高的时候，才想起"好汉不吃眼前亏"这句老话。她强压下恐惧和恼怒，软着语气说，那你什么时候可以走呢？我多给你一个月的工资。

布谷摇着一头马鬃似的长发又不开口了。

阿元干脆抽泣起来。当着保姆抽泣，分明有示弱的意思。阿元希望布谷体会她的无奈和衰弱。阿元也的确在为这匪夷所思的七天抽泣。明天是星期一，新的七天开始的日子。所有新的开始都是值得期待的吧，星期一，她的先生、儿子，她的大嫂都将回来。人多力量大，他们一定有办法将布谷整出家门。她抽泣着在心里用了"整"字，"整"有整理、整治之意，但也有有预谋地欺侮人之意。阿元的预谋，让她既亢奋又不安。这晚她要求冯妈上楼和她做伴睡觉。她们锁好卧室门，还在门后顶了一把椅子。

这是一个星期以来少有的安静的一夜。因为已下最后的决心，阿元敞开厨房的门，冰箱里的东西任布谷随意大吃。

这是一个星期以来少有的安静的一夜，布谷没有进厨房大吃。她把自己房间和卫生间清洗干净，将弄脏的褥子卷起来装进一只大塑料袋。她洗了澡，洗了冯妈为她轧的唯一那套裤褂，用熨斗熨干熨平，穿起来，坐下写了一张字条。

黎明之前，她出了主人的家门，先把装褥子的塑料袋放进垃圾箱，然后悄悄走近院子对面的岗亭。暑气尚未泛起，四周静谧，空气潮润。她试着在广阔的苍穹之下站直了让她感到万分羞愧的这个身体，这个身体已经有很多天不敢站直了。她大口喘了一阵子气，来到岗亭跟前，微微弯下腰。透过岗亭的玻璃窗，她看见小郭正趴在桌上睡觉，一只惨白的驱蚊灯在他身后的角落里发光。她退到暗处轻轻叹了口气，倘若这时小郭出来和她面对面，他可真要仰起头看她了，就像平常他仰起头召唤藏在树丛里的布谷鸟那样。只是，她一辈子也不会再让他看见了。

她朝着小区的大门走,眉毛被一棵树的树枝划了一下子。她挥着小簸箕样的胖手拨开树枝,认出这是一棵紫穗槐。春天的时候二少爷和几个同学玩遥控飞机"空中奇兵",那"空中奇兵"不小心给卡在了这洋槐的树杈上。原本是要从物业楼里去搬梯子的,不知为什么一直没人去搬。转天二少爷又买了新飞机,那架红黑相间的"空中骑兵"就始终卡在树杈上。现在,布谷借着朦胧的晨光看见它就在眼前,她一伸手,轻易就将它摘了下来,又抻起衣角擦拭干净。她为自己这小小的成就感到惊异:她在这个高度上,看见了她从来都看不清楚的景物,够着了她从来都够不着的东西。

她把"空中奇兵"送回阿元的院子,小心放在门前台阶上。

5

布谷的字条是写给阿元的。她说对不起太太,她走了永远不回来了。这月的工钱她也不要了,她把家给吃空了。她祝全家好,祝老爷和二少爷在外平安。

在阿元的记忆里,这是布谷第一次称她的先生为"老爷"。她的书写也是正确的,没有把老爷写成"姥爷"。

冯妈早晨开门，把台阶上的飞机捡回来交给阿元。阿元一手托着飞机，一手捏着字条，生出几许怅惘。这一切都是真的吗？布谷真的长了那么高吗？倘若她没有那么高，这架"空中奇兵"又是怎么落到门前的呢？阿元记得这小飞机卡在树上的事，那是儿子过生日她给买的。她想着，眼前出现了布谷身穿旧窗帘改制的裤褂，迈着两条如同踩着高跷似的长腿，摇摇晃晃地走在马路上。

她能走到哪儿去呢，哪儿又能收留她呢？阿元不敢再想，她不想让思维拐上对自己不利的路。

家人都回来了，大嫂也露面了，急着来看看需要缝胃的那个布谷。

阿元说布谷已经走了，又说了布谷老家那个工厂的事。

大嫂先是气愤地说，怪不得！说不定那里的人这会儿都往高里长呢。怎么没人反映这个问题啊？

阿元说她连布谷是哪里人都不清楚，大嫂给领来的大嫂肯定知道。

大嫂叹了口气又表示，知道又如何？隔着好几个省，咱们管得了那么多吗？反正她也走了。反正，那儿离北京还远呢！

阿元忽然觑着眼对大嫂说,从前你跟我讲过,一件貂皮大衣得用二十多张母貂的皮。人长得越高就越费貂皮,往后全世界的女人都长成布谷那么高,一件大衣就得用五十多张母貂皮了吧?大嫂这对你的生意倒是好事。

大嫂听出了阿元话中的歹意,把冯妈送上的酸梅汤往桌上一推,走了。

阿元没有起身送客,她听见窗外有"布谷、布谷"的叫声,打个冷战朝院子里看。院子里无人,叫着"布谷"的布谷鸟藏在树丛里不出来。更远处,一根黑色电线上,站着一只黑头灰尾巴的喜鹊。

阿元和出国归来的先生商量卖房搬家,先生打着哈哈说,谁能证明你们描绘的这七天的一切都是真的呢?

阿元醒悟了,敢情最善取证的冯妈这次竟忘了给已成"巨人"的布谷拍张照片。正是智者千虑必有一失。

从此阿元的生活里多了两项内容,一是听见布谷鸟叫就赶紧让冯妈锁好门窗,二是她强迫冯妈每天都要把她摁在墙上量一次身高。

2012年5月8日

暮 鼓

日落之后,天黑以前,她要出去走路。一天的时光里,她尤其喜欢这个段落。日落之后,天黑以前,是黄昏。

黄昏的光线让她心情放松,四下里的景物尚能清晰可辨,却已不那么咄咄逼人。她穿上薄绒衣和哈伦裤,换上走路的鞋,出了家门,把脸伸到黄昏里去,好像黄昏是一个有形的、硕大无朋的器皿,正承接着她的投入。风来了,是秋风,不再如夏日的风那样黏潮。这风抚上脸去,短促,利索,皮肤立刻就紧绷起来。她这个年纪的人,正需要皮肤的紧绷。她脸上的肌肤还算有弹性,下巴连接脖子的皮肉却显出松垂,仿佛地心引力特别对她的这个部位感兴趣。整容术的拉皮可以助她隐藏这些遗憾,但她对整容术从来嗤之以鼻。她相信运动,只有运动才能使人年轻。好比六十岁的她,走起来是弹性大步,步幅均匀,不喘不吁,腰还柔韧,背也挺直,加上她那坚持每五个月才染一次的深栗色"包包头",看上去怎么也超不过五十岁,不止一个人这样评价过她。

她有些自嘲地暗想,对一个绝经妇女而言,关键是要保持整体的青春感。至于下巴的松懈或者鼻梁旁边的几粒雀斑——她的鼻梁旁边有雀斑,其实无碍大局。当一个六十岁的女人敢于穿着质地柔软、裤脚裹腿、裤裆却突然肥坠以模糊臀部的哈伦裤出行时,谁还会注意她脸上的雀斑呢。据说哈伦裤的设计灵感来自阿拉伯后宫裤,原本蕴含着华丽和保守,可一个绝经妇女穿起如今扮酷的年轻人才上身的这种裤子,怎么看也有点成心叫劲。不过,也就因为这类女性呈现给一个院子、一个小区,乃至一条大街的那股子安全劲儿,她反而越发不被人注意,包括她的叫劲。

迎面偶尔过来几个遛狗的人,邻居或者邻居的保姆,她避免和他们的眼光相遇,也就避免了和他们打招呼,还避免了他们对她的搭讪。其实也没人对她产生搭讪的兴趣,对于住在美优墅的人来说,这算不得失礼。这里的业主,房子都不小,院子也挺深,喜欢开车不喜欢走路,谁都难得遇见谁,谁都不准备搭理谁。她在这里走路走了十年,从来没和一个业主讲过话。只有一次,她在小区会所门前的林荫道上差点被一条狗扑倒。那是一条半人高的白色长毛狗，萨摩耶犬？哈士奇犬？哈士奇吧，它正尾随大声打着手机的男主人迎面过来。她无意中听见了那男人的电话内容，他正在和瑞典通话，催促船运一批整体森林木屋的事，他的货柜不知在哪个环节上出了问题。话到激烈处，男人停住脚，一手拿着电话，另一只手的食指冲着电话戳戳点点，好像随时会一拳打过去。那狗却不停脚，默默走到她跟前，拦住了她的去路。

她怕狗，不养狗，更不知道眼前这位哈士奇的性情，忍不住喊起打电话的男人招回他的爱犬。男人只轻轻叫了声"斯通"，就又急赤白脸地同电话里的瑞典方接续他的木屋生意。斯通就在这时扑上了她的身，并将两只前爪搭在她肩上。它的动作并不凶猛，它的面相甚至洋溢着一种喜感。但它毕竟冷不防就和她脸对了脸，它嘴里呼出的夹带着野蒿子味的热气逼她别过脸，紧紧闭上眼，刹那间就起了一身鸡皮疙瘩，如同很多哺乳动物受到威胁时竖起毛发，以使自己看起来更大。起鸡皮疙瘩便是人类的竖起体毛吧，如今人类仍然会感觉体毛竖起，却既没有壮胆的效果，也不见自己的体积增大。但她并没有瘫倒在地，也许是出于维持人的自尊,常年走路练就的柔韧的腰和结实的腿也帮了她。她站得有点直挺挺,扭着脖子闭着眼,心被掏空了一般,只等着斯通像啃一个烂西瓜似的啃她的脸了,或者换句话,对狗类而言,啃她的脸如同啃一个烂西瓜那么容易。仿佛过了一个世纪,野蒿子味儿消失了。她试着把眼张开一道缝,斯通不见了。她这才敢对站在几米远的斯通的主人大声说,您为什么不给它拴上狗绳啊,都这么大的狗了!

那主人一手搂住奔回他身边的斯通的脖子说,他不大,还是个孩子呢,才六个月。刚才他是跟您逗着玩儿呢!

她压抑着胸中的气愤说,它再是个孩子也不是、也不是人类意义上的孩子,它毕竟、毕竟是条狗啊!

说完,她不等那主人回话,掉转身拔腿就走。这时她才觉出两条腿发软且发抖。她竭力端正着步态,不打算让斯通和它的主人窥见她的身心虚弱,和继而涌上的更强烈的一股铁灰色感觉,叫作悲从中来。

悲从中来,最近她不断体会这种情绪。有一天,她的刚会说话的小孙女大声叫了她"奶奶"!她勉强笑着答应着,心中却是一惊:难道她真的成了奶奶?她的儿子是保姆一手带大的,为了爱惜容颜,保证睡眠,她没为孩子熬过一次夜。

后来她又有了孙女，她更没给孙女哪怕是象征性地换过一次纸尿裤。孙女干吗一会儿说话就忙着叫奶奶啊，她宁可让这个小人儿对她直呼其名，就像国外很多家庭那样。"奶奶"这个词让她觉得，如果不是她的孙女残忍，那只能是时光残忍。时间如刀。

她从十年前就提早退休了，她为之服务了三十多年的单位是个区级卫生防疫站。同事们以为她要给自家的公司去打工，她没这么做。她不想在家族企业里混，去了地产界的女友开办的一间农民工子弟学校充当志愿者。在她的建议下，女友把农民工子弟学校改成了新工人子弟学校，这样听起来没有歧视感。她得意自己的创见，就像有些明星在慈善酒会上潇洒举牌，以六位数的价钱慷慨拍下一件幼儿巴掌大的绣品那般得意。而她们那间新工人子弟学校的学生们，也的确经常奔走于各种慈善酒会或者节庆晚会。学校老师给女孩子们穿小旗袍、纱裙什么的，让男孩子穿燕尾服。这些盛装的男女子弟在这些场合表演小节目，有时也会在臂弯里扤上一只柳编小篮子，篮子里装着在学校的餐饮老师指导下自制的揉成各种形状的馒头：点着红眼睛的小兔子和飞毛夻剌的小刺猬。孩子们将它们分赠给到场的各路嘉宾，老师们从旁略做说明，说这些馒头是真正在大铁锅里蒸出来的，用的是烧柴火的灶啊，你们没有闻到乡间的气息吗？于是嘉宾们手捧"原生态"的小馒头，惊喜交加。一个出身乡村的纸业大亨当场为学校捐款八十万，他说这些散发着柴草灰味儿的馒头使他想起母亲，这就是母亲的味道，当年母亲站在黄昏的村口喊他回家吃饭的味道。一位新近走红的电视女星则泪光闪闪地亲吻了一个穿旗袍的女孩子，称赞学校的成功，因为站在这里的孩子们就是梦想变成现实的样板。也许学校这类策划的确有成功之效果：少年版燕尾服和柴草灰构成的强烈反差本身就是成功。

她从那些酒会、晚会回到家，没有觉得累，也没有觉得不累。她歪在客厅沙发上，满足和疲惫兼而有之。有一天她就那么歪着睡着了，嘴角淌着哈喇子。保姆不敢叫她，喊来男主人将她连扶带抱地送进卧室。早晨醒来她奔进卫生间，惊恐地看见镜子里有一张旧报纸似的脸。黑眼圈，法令纹，起皱的鼻梁，爆着白皮的嘴唇。她意识到这是严重睡眠不足，她缺觉了。女人是不能缺觉的，志愿者是有前提的，所有的"志愿"都必须首先让位给她的睡眠。于是她不再去那学校，并且立刻就忘记了那些打工者的孩子们的模样。他们的模样说到底和她有什么关系呢？那些孩子曾经装饰过她的生活，后来又间接地憔悴了她的脸。她爱孩子，更爱自己的脸。当她长时间忧心忡忡地照着镜子时，忽然像要喊口号似的暗想，她的脸才是她的孩子，她的孩子就是她的脸。

她恢复了以往的生活和健身，穿着哈伦裤在黄昏里走路。她比任何时候都相信科学的生活方式能够保护或者延长人类基因的染色体中那个"端粒"。有科学证明说，端粒长则寿命长。有一阵子她喜欢往小区东北角走，那儿有一片柿子林，和一片养育名贵树种的苗圃，比如银杏和紫薇。这个东北角有点像是开发商和物业隐匿的后园仓储区，尚存这片别墅在被开发之前的自然景象。这儿树多人少，鲜有业主光顾。通向这里的柏油路毁坏得厉害，各种上不得台面的车的过度碾压——垃圾车、晚上十点以后才能进城的拉砖拉土拉沙子拉钢筋的卡车、吊车、挖掘机，间或还有行驶起来嘣嘣嘣巨响的动力来自柴油发动机的"三马子"。这几年业主们都在忙着拆房和盖房，这条宽不过五米的小马路超负荷地承载了那些多半也是超重的车。开裂的路面不断被沥青黏合着填补着，在黄昏的光线之下，她走在这条破旧的路上向前望去，灰色路面上，纵横交错、粗长蜿蜒的黑色沥青补丁好似一条条压扁了的巨蟒,正无声地爬行。路的两侧堆码着被园林工人拦腰锯下的枯死的棕褐色老树干,猛看去,如同一具具风干的尸体。

她并不恐惧这样的气氛,只觉得有几分沉闷罢了。她常看见三五个外来女人钻在柿子林里,拖着白粗布口袋偷柿子,一边窃笑,一边小声嘀咕着。她猜她们是在互相提醒留神被人发现。林边总会停着一辆"奥拓"或者"QQ",她知道那是接应她们的,车主说不定是物业哪个负责人的亲戚。偷柿子的女人无法扛着百十斤重的、半人多高的布口袋走出美优墅的大门,她们会被门卫拦截和盘问。她不止一次见过她们的偷窃,她不义愤,也不打算告发,反倒觉得柿子林里的窃笑和女人晃动的身影打破了这里的沉闷。她相信没有一个业主会有闲情逸致去告发这样的偷窃,更多的业主甚至不曾注意秋天柿子树上结满了柿子。就像她,住在这里,却从不关心柿子的归属。

和柿子的归属相比,她对噪音更敏感。这个黄昏,她走上柿子林边的这条"巨蟒"潜行的小马路时,发现马路对面,一个老者几乎正和她齐头并进。老者拖着一把平头铁锹,那刺啦、刺啦的让人起鸡皮疙瘩的噪音就来自铁锹和柏油路面的摩擦。她知道这是哪家施工队的工人，刚收工或者正要赶往哪个工地。绕过柿子林就是会所，会所正在挖地下网球馆，说不定这位老者就属于那个工地。为了抢工期，施工队经常昼夜干活，当他们鬼鬼祟祟在夜间施工时，常遭业主投诉。他为什么不把铁锨扛在肩上呢？假如四散在美优墅的工人都像他一样拖着工具在地上划拉着走，美优墅岂不成了一个噪音的世界。她心里有点抱怨，由不得偏过脸扫了一眼老者——这老头儿！她心说。

黄昏已是尾声，整个的老头儿就像整个的柿子林那样，突然就模糊起来。这使他看上去仿佛躺倒在路边的一截枯树冷不丁站起来开始行走，有点愣头愣脑，有点硬邦邦。他并不朝她这边张望，只是闷头向前。风吹拂着他的齐耳乱发，这齐耳乱发让他显得像个旧时代的人物，民国初期刚剪了辫子的乡民，或者文艺电影里南方的地主，然而他实在只是个邋遢的老头儿。他穿着一件辨不清颜色的肥大的中山式制服，老派的四个明兜更给他的行走增添几分累赘，过长的袖子几乎盖住了闲着的那只手。脚上是一双高勒解放球鞋，鞋的不跟脚使他的步子发出踏啦踏啦的响声，好像脚正在鞋里东一下、西一下地凄凉地游荡。也许这是她的错觉，也许老头儿的鞋原本合适，是他沉重的腿难以带动脚上的鞋。他有多大年纪了？肯定到了腿拉不开栓的岁数，一只老枪，长了锈的。他的脚步声，他身后那把铁锨的刺啦声，把黄昏以后这条静僻的柏油路鼓捣得乱糟糟的。前边还有几十米，丁字路口向左就是会所了，如果他是网球馆工地的工人，他应该向左。她也要向左的，经过会所回家。犯不上为了避开一个拖着铁锨的老头儿再去绕远——天已经大黑了。于是她和他继续同路。

  路灯及时地亮起来，在她斜后方的老头儿停住脚，从衣兜里摸出一包烟和火柴，仿佛是路灯提醒了他的抽烟。他将铁锨把儿夹在胳肢窝底下，腾出手点着一支烟，狠狠吸了一大口。略微在前的她放慢步子，就像在等着和他走齐。借着路灯和老头儿点烟的那一忽儿光亮，她看见老头儿的齐耳短发是灰白色的中分缝，皱纹深刻的没有表情的脸木刻一般。他吸着烟接着走路，被烟呛得一阵阵咳嗽不止。那是呼吸粗糙的夹带着浓痰的咳嗽，伴着捯不上气似的喘息。说不定肺部有湿罗音，说不定已经是老慢支。他咳着喘着向路边半人高的冬青树丛里吐着痰，确切地说，是向那树丛吼着痰，费力地把喉咙深处的痰给吼出来。那吼是疙疙瘩瘩低沉、粗粝的吼，犹如老旧的轮胎隆隆碾轧着碎石。他在施工队能干些什么呢？守夜，或者装沙子卸土？她并不认真地猜着，再次放慢步子稍微落后于他。这过慢的步速有悖于她的走路习惯，仿佛她真的有意要观察这位"同路人"。

丁字路口到了，老头儿果然拐向左边。她闻见一股子花椒油炝锅的白菜汤味儿，网球馆工地正在开饭。她已经看见影影绰绰的人影聚了又散，听不见人声喧哗，只有零星的勺子碰着铝饭盆和搪瓷饭盆的声响。工地上工人吃饭很少有人说笑，他们大多用这点时间沉默下来以补充过度损耗的体力。她还看见一个体形壮实的工人正朝她和老头儿这边张望，望了一阵，就扑着身子快步朝他们走来。当他和他们相距两三米的时候，她看出这是个二十多岁的年轻人，只听他急切地高喊起来："妈！妈！"他喊着"妈"说，快点儿，菜汤都凉了！

她下意识地扭头向后看，路上没有别人。他是在喊她吗？他错把她当成了自己的妈？或者她竟然很像这位施工队成员的妈？她的心一阵轻微的抽搐，那铁灰色的感觉又浮了上来。

她疑惑地看着迎面而来的这人，这个端着空饭盆的年轻工人，就见他很确定地走到老头儿跟前，从他手里接过铁锨，又叫了一声"妈"，他催促说快点儿，菜汤都凉了！"老头儿"低声嘟囔了一句什么，不急不火的，由着儿子接过了铁锨。

她从年轻人浓重的中原口音里，听出焦急和惦记。他的头发落满了白灰和水泥粉末，接近了老头儿——不，应该是他的妈那齐耳乱发的颜色。

那么，他没有把身穿哈伦裤的她错认成自己的妈，他是在管那老头儿叫"妈"；那么，她一路以为的老头儿并不是个老头儿，而是个老太太，是——妈。

年轻人扛着铁锨在前，引着他的妈往一盏路灯下走，那儿停着一辆为工地送饭的"三马子"，车上有一笸箩馒头和一只一抱粗的不锈钢汤桶，白菜汤味儿就从这桶里漾出。母子二人舀了菜汤，每人又各拿两个大白馒头，躲开路灯和路灯下的"三马子"，找个暗处，先把汤盆放在地上，两人就并排站在路边吃起晚饭。过分雪白的馒头衬着他们黧黑的手，泛着可疑的白光。

她佯装在近处溜达，观察着从容、安静地嚼着馒头的这对母子，怎么看也更像是一对父子。耳边又响起一路上

"老头儿"那粗粝的吼痰声，便更加难以否定刚才她一路的错判或者错认，她固执地想着自己的错认几乎是不可能的。

但是，假如生活的希望在于能够把不可能变成可能，生活的残忍也在于能够让不可能居然成为可能。这是一位励志作家在那间新工人子弟学校给孩子们演讲时说过的两句话，现在她差不多一字不落地想起了那作家的话，只不过把第一句和第二句的顺序颠倒了一下。

路边的年轻人很快就把饭吃完，他从地上端起妈那份菜汤递到她手上。妈吃完馒头喝完汤，拍打拍打双手，在裤子两侧蹭蹭，从肥大中山式上衣的肥大口袋里掏出两根壮硕的胡萝卜，递给儿子一根，另一根留给自己，好比是饭后的奖赏。

她看不清他们的表情，也许他们并无特别的表情。她只看见儿子拿着胡萝卜，和妈稍做争执，要把自己手中那个大些的塞给妈，换回妈手里那个小一点的。妈伸出举着胡萝卜的手挡了挡儿子，便抢先咬下一大口，很响地嚼起来。儿子也就咬着手中那大些的胡萝卜，很响地嚼起来。在路灯照不到的暗处，那两根在他们手中晃动的胡萝卜格外显出小火把似的新鲜光亮和一股脆生生的精神劲儿，让她想起在她的少年时代，夜晚的交通警察手中那发着荧光的指挥棒。她还发现，在他们吃饭的这段时间里，妈一声也没咳嗽，像是珍惜和儿子并肩的吃饭，又好似铁了心不让咳嗽和喘去败坏这片刻的安宁。

会所传来一阵鼓声，是某个庆典或者某场欢宴开始了。会所的承包商早年是太行山区农民鼓队的鼓手，村里的喜事，镇上县上的赛事都少不了那鼓队。如今他将一面一人高的牛皮大鼓引进美优墅会所金碧辉煌的大堂，屏风似的竖在一侧，让擂鼓成为一些仪式的开场白，让仪式中身份最高的人手持鼓槌击鼓，如同证券交易所开市的鸣锣。

她对会所的鼓声并不陌生，她和家人都在会所举办或者参加过这种仪式。虽然，和旷野的鼓声相比，圈进会所的鼓声有点喑哑，有点憋闷，好比被黑布蒙住了嘴脸的人的呐喊。但鼓声响起，还是能引人驻足的。她望望那路边的母子，他们仍然站在黑暗中专注地嚼着胡萝卜，对这近切的鼓声充耳不闻。只不过,刚才跳跃在两人手中那小火把似的胡萝卜，转瞬之间已经缩得很短，好似教师站在黑板跟前握在手中的半截粉笔。就这么一小会儿，火柴点烟似的一小会儿。

她迎着鼓声往回家的路上走，尽可能不把自己的心绪形容成无聊的踏实。在凉飕飕的晚风中,她发现停在会所旁门的一辆"路虎"的车顶上,端坐着一只老猫,披一身只有流浪猫才具备的脏乱的皮毛,正抻着脖子聚精会神地倾听、观望会所宽大的窗内所有的声音和人影。她欣赏这流浪老猫的聪明:车顶的高度实在便于一只猫对人类的平等观察。她就也站在"路虎"旁边,和老猫脸朝着同一个方向,"肩并肩"地抻着脖子倾听、观望起那些窗子里的鼓声和人影。

也许鼓声早已停止,她听见的是自己的心跳。世间的声响里,只有鼓声才能让她感觉到自己的心在跳,老猫也是吧?

可她又凭什么自以为知道一只老猫的心情?

2013 年 3 月 28 日

火 锅 子

他和她站在窗前看雪,手拉着手。雪已经下了一个早晨,院子里那棵小石榴树好像穿起了白毛衣,看上去挺暖和的。

这棵小石榴树也就一人多高。别看树不大,可不少结果,一个秋天就结了四十多个石榴,压得树枝朝地上深深地弯着腰。那时候天还不冷,她拉着他走到石榴树跟前,有点赞叹,有点感慨地说:看把她给累的!仿佛石榴树是他们家的一名产妇。

他说,我就没觉得一棵树会累。

她说,我说她累她就累。

他笑了,看着她说,你呀。

今天,她站在窗前告诉他,雪中的石榴树穿着白毛衣挺暖和。

他说,我怎么没觉得。

她说，我就这么觉得。

他故意抬杠似的说，身上穿着雪怎么会暖和呢？

她急得摇了一下他的手说，我说暖和就暖和。

他告饶似的说，好好好，你说暖和就暖和。

她乐了，就知道他得这么说。又因为知道他会这么说，她心里挺暖和。

他八十七岁，她八十六岁。他是她的老夫，她是他的老妻。他一辈子都是由着她的性儿。由着她管家，由着她闹小脾气，由着她给他搭配衣服，由着她年节时擦拭家里仅有的几件铜器和银器。一对银碗，两双银筷子，一只紫铜火锅。

这么好的雪天，我们应该吃火锅。她离开窗户提议。

那就吃。他拉着她的手响应。

他们就并排坐在窗前的一只双人沙发上等田嫂。田嫂是家里的小时工，一星期来两次，打扫卫生，采购食品。今天恰好是田嫂上门的日子。雪还在下，他们却不担心田嫂让雪拦住不来。他们认识田嫂二十多年了，一个实在而又利索的寡妇。

田嫂来了，果然是风雪无阻。他们两人抢着对田嫂说今天要涮锅子。田嫂说，老爷子老太太好兴致。田嫂称他们老爷子老太太。

她说,兴致好也得有好天衬着。

田嫂说,天好哪里敌得过人好。瞧你们老俩,一大早起就手拉着手了。倒让我们这做小辈儿的不知道怎么回避呢。

认识的年头太久了,田嫂故意闹出点没大没小。

他们俩由着田嫂说笑,坐在沙发上不动,也不松开彼此的手。

其实田嫂早就习惯了老爷子老太太手拉手坐着。从她认识他们起,几十年来他们好像就是这么坐过来的。他们坐在那儿看她抹桌子擦地,给沙发和窗帘吸尘,把买回来的肉啊蛋啊蔬菜啊分门别类储进冰箱。遇上天气晴和,田嫂也会应邀陪他们去商店、去超市。老爷子在这些地方逛着逛着就站住脚对老太太说:挠挠。他这是后脊梁痒了。老太太这时才松开老爷子的手,把手从他的衣服底下伸进去,给他挠痒痒。田嫂闪在一旁只是乐。他们和田嫂不见外,却没有想过请她做住家保姆,或者是请她以外的什么人进家。田嫂知道,他们甚至并不特别盼着四个孩子和孩子们的孩子定期对他们的看望,那仿佛是一种打扰,打扰了他们那永不腻烦、永不勉强的手拉手坐着。每回孩子们来,老爷子老太太总是催着他们早点走,给人觉得这老俩急于要背着人干点什么。这是哪辈子修来的!田嫂叹着,一边觉出自己的凄凉孤单,一边又被这满屋子的安详感染。

他催着田嫂去买羊肉,她嘱咐田嫂把配料写在纸上省得落下哪样。田嫂从厨房拿出一张折叠整齐的白纸展开说,上回买时都记下啦,我念念你们听听。无非是酱豆腐、卤虾油、韭菜花、辣椒油、花椒油、糖蒜、白菜、香菜、粉丝、冻豆腐……田嫂念完,老爷子说,芝麻酱你忘了吧。老太太说,芝麻酱家里还有半罐子呢。老爷子又说,还有海带,上回就忘了买。田嫂答应着,把海带记在纸上。涮海带是老爷子的创新,一经实践,老太太也喜欢上了。海带是好东西。

田嫂就忙着出去采购。出门前不忘从厨房端出那只沉甸甸的紫铜火锅,安置在客厅兼餐厅的正方形饭桌上,旁边放好一管牙膏和一小块软抹布。这是老太太的习惯,截长补短的,她得擦擦这只火锅。隔些时候没擦,就觉得对不起它。上一回吃了涮锅子她还没擦过它呢,有小半年了。上一回,是为了欢迎没见过面的孙子媳妇,老爷子老太太为他们准备了涮锅子。

他见她真要擦锅,劝阻说今天可以不擦,就两个人,非在乎不可啊?

她说,唔,非在乎不可,两个人吃也得有个亮亮堂堂的锅。说着从沙发上起身坐到饭桌旁边,摸过桌上的抹布,往抹布上挤点牙膏,用力擦起锅来。

他就也凑过来坐在她对面看她擦锅。锅可真是显得挺乌涂,也许是他的眼睛乌涂。他的眼睛看着火锅,只见它不仅没有光泽,连轮廓也是模糊一团。他和她都患了白内障,他是双眼,她是右眼。医生说他们都属于皮质性白内障,成熟期一到就可以手术。他和她约好了,到时候一块儿住院。

她擦着锅盖对他说,你看,擦过的这块儿就和没擦过不一样。

他感受着她的情绪附和着说,就是不一样啊,这才叫火锅!

他俩都喜欢吃火锅,因为火锅,两个人才认识。上世纪五十年代初,他们正年轻,周末和各自的同事到东来顺涮一锅。那时有一种"共和火锅",单身的年轻男女很喜欢。所谓共和,就是几个不相识的顾客共用一只火锅,汤底也是共用的。锅内栏出若干小格,好比如今写字楼里的隔断式办公。吃时每人各占一格,各自涮各自点的羊肉和配料。

锅和汤底的钱按人头分摊,经济且节能。那时候的人和空气相对都更单纯,没有SARS,也不见H7N9。陌生人同桌同锅也互不嫌弃,共和着一只大锅,颇有四海之内皆兄弟之气象。那天他挨着她坐,吃完自己点的那份肉,就伸着筷子去夹她的盘中肉,她的盘子挨着他的盘子。他不像是故意,她也就不好意思提醒。可是他一连夹了好几筷子,她的一位男同事就看不公了,用筷子敲着火锅对他说,哎哎,同志,这火锅是共和的,这肉可是人家自己的!同桌的人笑起来,他方才醒悟。

她反倒因此对他有了好感,就像他对她同样有好感。后来他告诉她,那天他在她旁边一坐,心就慌了。她追问他,是不是用吃她盘子里的肉来引起她的注意?他老实地回答说没想那么多,他也不知道自己怎么了。他们开始约会,她知道他是铁路工程师,怪不得有点呆。他知道她在一个博物馆当讲解员,怪不得那么伶牙俐齿。后来他们就成了一家人。在她的嫁妆里,除了一对银碗,两双银筷子,还有一只紫铜火锅。

紫铜火锅是她姥爷那辈传下来的,姥爷家是火锅手艺人,从前他们家手工打制的火锅专供京城皇宫。这只火锅,铜是上好的紫铜，光泽是那么油润而不扎眼。锅盖和锅身均无特别的装饰，只沿着人字形的炭口镶嵌了一组黄铜云朵。她没事就把它搬出来擦擦，剪一块他穿糟了的秋衣袖子，蘸着牙膏或者痱子粉擦。她是个爱干净的人，能用猪皮把蜂窝煤炉子的铸铁炉盘擦成镜子，照得见人影儿。当她神情专注地擦着火锅时，家里的气氛便莫名地一阵阵活跃，他的食欲给调动起来，仿佛东来顺似的涮锅子就要开始了。

她真给他做过涮锅子，没肉，涮的是虾皮白菜，蘸酱油。他们结婚以后迎来了食品匮乏的时代，总是缺油少肉，副食品也要凭证凭票。平常人家，很少有人真在家中支起火锅涮肉——去哪儿找肉呢？八年间他们生了四个孩子，处处更需精打细算。但是他爱吃她做给他的虾皮涮白菜或者白菜涮虾皮，当他守住那热腾腾的开水翻滚的火锅时，心先就暖了，他常常觉得是家的热气在焐着他。家里一定要有热气，一只冒着热气的锅，或者一张锃亮的可以直接把冷馒头片摆上去烤的蜂窝煤炉盘，都让他感到温厚的依恋。只是他不善言辞，不能把这种感觉随时表述给她。他认真地往火锅里投着白菜，她则手疾眼尖地在滚沸的开水里为他捞虾皮。一共才一小把虾皮，散在锅里全不见踪影。

可她偏就本领高强，大海捞针一般，手持竹筷在滚水里捕捉，回回不落空。当她把那线头般的细小虾皮隔着火锅放进他的碗时，他隔着白色的水汽望着她，顶多说一句：看你！

有时候，他也想把火锅里的精华捞给她吃，虽然充其量只是几枚虾皮。但他手笨，回回落空。仅有一次他的筷子钳住个大家伙，拣出水面看看，不过是一颗红褐色的大料。她叫他把大料放回锅里，一锅白开水指着它提味儿呢。他就不再和她比赛捞虾皮了，他心满意足地吃着虾皮白菜，忽然抬起头冒出一句：我老婆啊！

他知道这一生离不开她，就像她从来也没想离开他。一辈子，他们只分开过有数的几回，包括她生四个孩子的那四次住院，也还有他在那场巨大的革命中被送到西北的深山里劳动一年。后来他和一批同事提前回到城市，他们被编入一个科研攻关组，为铺设北京第一条地铁效力。虽然他远不是其中的主角，也没在真正的一线，可这并不妨碍他们的小儿子每次乘地铁时总对同学吹嘘：知道这地铁是谁设计的吗？我爸！

田嫂回来了，羊肉、调料样样齐备。她一头钻进厨房，该洗的洗，该切的切，眨眼间就大盘小碟地摆出一片。

她把那些盘盏依次从厨房端出来端上老爷子老太太守着的餐桌，绕着桌子中央的大火锅码了一圈，众星捧月一般。接着，田嫂还得先把火锅子端走——老太太擦得满锅牙膏印，得冲洗干净。好比一个洗澡的人，不能带着一身肥皂沫就从澡堂子里出来。田嫂在厨房的水龙头下冲洗着火锅，发现这锅并没有像从前那样被老太太擦得锃亮，锅身明一块暗一块的，锅脚干脆就没有擦到，边边沿沿，滋着灰绿色的铜锈。想到老人的眼疾，田嫂心话，真难为您了。那边老太太又问锅擦得亮不亮，如同孩子正等待大人的褒奖。田嫂打算撒个小谎，高声应答说，亮得把我都照见啦！把我脸上的黄褐斑都照见啦！他和她听见田嫂的话，呵呵笑起来。

续满清水，加了葱、姜、大料和几粒海米的火锅重又让田嫂端上饭桌，只等清水咕嘟咕嘟滚沸，涮锅子就正式开始了。他和她欢悦地看着桌上的火锅和火锅周围的盘盏，尽管那火锅在他们眼里绝谈不上光芒四射，但田嫂的形容使他们相信那锅就像从前，几年、几十年前一样的明亮。田嫂则"职业性"地偏头看看火锅的炭口，炭火要旺啊。这一看，哎哟喂！田嫂叫了一声，真是忙中出错，她忘记买木炭了。

这个忘记让他和她都有点扫兴，可他们又都不打算退而求其次——去搬孙子媳妇送的那只电火锅。他曾经说过,那也能叫火锅?田嫂也没打算动员他们使用电火锅。就为了已经端坐在桌上的这个明一块、暗一块的紫铜火锅,她也得冒雪再去买一趟木炭。就为了老爷子和老太太的心气儿,值。

等着我啊,一会儿就回来。田嫂像在嘱咐两个孩子,一阵风似的带上门走了。

他和她耐心地等着田嫂和木炭,她进到厨房调芝麻酱小料,他尾随着,唔唔哝哝地又是一句:我老婆啊。

他一辈子没对她说过缠绵的话,好像也没写过什么情书。但她记住了一件事。大女儿一岁半的时候,有个星期天他们带着孩子去百货公司买花布。排队等交钱时,孩子要尿尿。他抱着孩子去厕所,她继续在队伍里排着。过了一会儿,她忽然觉得有人在背后轻轻拨弄她的头发。她小心地回过头,看见是他抱着女儿站在身后,是他在指挥着女儿的小手。从此,看见或者听见"缠绵"这个词,她都会想起百货公司的那次排队,他抱着女儿站在她身后,让女儿的小手抓挠她的头发。那就是他对她隐秘的缠绵,也是他对她公开的示爱。如今他们都老了,浑身都有些病。他们的听觉、味觉、嗅觉和视觉一样,都在按部就班地退化。但每次想起半个多世纪前的那个星期天,她那已经稀疏花白、缺少弹性的头发依然能感到瞬间的飞扬,她那松弛起皱的后脖颈依然能感到一阵温热的酥麻。

一个多小时之后,田嫂又回来了,举着家乐福的购物袋说木炭来了木炭来了,不好买呢,就家乐福有。

火锅中的清水有了木炭的鼓动,不多时就沸腾起来。田嫂请老爷子老太太入席,为他们掀起烫手的锅盖。他们面对面地坐好,不约而同看一眼墙上的挂钟,朦朦胧胧的,仿佛是十一点半了吧?要么就是十二点半?心里怪不落忍,齐声对田嫂说,可真让你受累了!

田嫂没有应声,早已悄悄退出门去。她心里明白,这个时候,老爷子老太太身边别说多一个活人,就是多一只空碗,也是碍眼的。

他们就安静地涮起锅子。像往常一样,总是她照顾他更多。他们的胃口已经大不如从前,他们对涮羊肉小料那辛、辣、卤、糟、鲜的味觉感受也已大打折扣。可这水汽蒸腾的锅子鼓动着他们的兴致。他们共同向锅中投入着眼花缭乱的肉和菜。她捞起几片羊肉放进他的碗,他就捞起一块冻豆腐隔着火锅递给她。她又给他捞起一条海带,他也就比赛似的从锅里找海带。一会儿,他感觉潜入锅中的筷子被一块有分量的东西绊住了,就势将它夹起。是条海带啊,足有小丝瓜那么长,他高高举着筷子说:你吃。

她推让说:你吃。

他把筷子伸向她的碗说:你吃。

她伸手挡住他的筷子说:你吃,你爱吃。

他得意地把紧紧夹在筷子上的海带放进她的碗说,今天我就是要捞给你吃。

她感觉被热气笼罩的他,微红的眼角漾出喜气。她笑着低头咬了一小口碗里的海带,没能咬动。接着又咬一口,还是没能咬动。她夹起这条海带凑在眼前细细端详,这才看清了,她咬的是块抹布,他们把她擦火锅的那块抹布涮进锅里去了。

他问她说还好吃吧?

她从盘子里拣一片大白菜盖住"海带"说,好吃!好吃!

她庆幸是自己而不是他得到了这块"海带",她还想告诉他,这是她今生吃过的最鲜美的海味。只是一股热流突然从心底涌上喉头,她的喉咙发紧,什么也说不出来,就什么也没再说。

他又往锅里下了一小把荞麦面条,她没去阻拦。喝面汤时,他们谁都没有喝出汤里的牙膏味儿。

　　她双手扶住碗只想告诉他,天晴了该到医院去一趟,她想知道眼科病房是不是可以男女混住?她最想要的,是和他住进同一间病房。

　　雪还在下,窗外白茫茫一片。那棵小石榴树肯定不再像穿着毛衣,她恐怕是穿起了棉袄。

2013 年 4 月 29 日